ANDERS HAAHR RASMUSSEN

Eigentlich wollte ich keine Kohlrüben kaufen

Ein Kochbuchroman

Aus dem Dänischen von Lars Bliesener

Nord Verlag

2020

Eigentlich wollte ich keine Kohlrüben kaufen
Anders Haahr Rasmussen
Aus dem Dänischen von Lars Bliesener

Det var ikke planen at købe kålroer
© Anders Haahr Rasmussen und Ekbátana, 2018

Gestaltung: Matilde Juul
Lektorat: Marie Krutmann

1. Ausgabe, 1. Auflage 2020

Gedruckt bei Tallinna Raamatutrükikoja LLC
auf Munken Lynx Rough

Nord Verlag
nord-verlag.de
Kopenhagen

ISBN 978-87-970327-3-2

Gefördert durch

Danish Arts
Foundation

Für Monica

INHALTE

PLYMOUTH
ST. GERMAIN

Größtenteils Vinho Verde
Einen Schuss Plymouth Gin
Einen Schuss St. Germain
Etwas Zitronensaft
Ein paar Tropfen Bitter
Eiswürfel

Es ist Freitagabend, gleich 18:00 Uhr, und Amanda braucht einen Drink.

„Ich brauche einen Drink", sagt Amanda. Sie hat die ganze Woche gearbeitet. Es läuft nicht so gut. Mit gar nichts. Glücklicherweise hat Josh vor einem halben Jahr zu seinem Geburtstag eine Flasche St. Germain von seiner Schwester bekommen. Er selbst ist weg, aber die Flasche steht noch hier und schmeckt süß und blumig.

Amanda beschließt ihn mit Vinho Verde zu mischen, jetzt da hier ein offene Flasche davon rumsteht, die bald schlecht wird. Jimmy und Tiff hatten sie letzten Freitag dabei, als Amanda eine kleine Dinner Party gegeben hatte. Sie hatten zwei Flaschen mitgebracht.

„Nichts mit dieser Eine-Flasche-für-zwei-Personen-Scheiße", sagt Amanda. Sie weiß nicht gerade viel über Vinho Verde. Auf dem Etikett steht Weißwein und Portugal, und er ist relativ günstig.

„Aber wenn du ihn mit etwas anderem mischst, funktioniert es ganz gut. Zum Beispiel mit gefrorener Mango." Amanda nimmt eine Tüte mit Mangostückchen aus dem Gefrierfach, überlegt dann aber nochmal.

„Vielleicht ist das doch etwas extrem", sagt sie, und legt die Tüte zurück ins Gefrierfach. Stattdessen holt sie eine Flasche Plymouth Gin. Ihrer Meinung nach ist das der Beste, den es gibt. Neulich in der Oyster Bar trank sie einen Plymouth Martini, Ryan nahm einen Hendrick's Martini.

„Hendrick's ist ein super Gin, aber schlicht und einfach kein Vergleich. Ryan stimmte mir zu. Wahrscheinlich weil er total auf mich steht."

Der Drink des Tages ist also: Etwas Gin, Vinho Verde, ein Spritzer St. Germain – viel ist nicht mehr da – und Zitronensaft, frisch gepresst aus etwas, das wie eine schimmlige Zitrone aussieht.

„Und ein paar Tropfen Bitter. Hauptsächlich, weil es dann rosa wird", sagt Amanda.

„Aber auch, weil Bitter lecker ist." Amanda nimmt einen Schluck und ist recht zufrieden. Kurz überlegt sie, ob sie noch Sprudel hinzufügen soll, entscheidet sich dann aber dagegen.

„Sprudel hilft meistens auch nicht wirklich weiter".

Sie nimmt noch einen Schluck. Ihr Haar trägt sie heute offen. Das wäre der perfekte Drink für einen späten Nachmittag auf dem Tennisplatz.

„Oder eine andere fancy Sportart".

Pistazien würden auch gut passen. Amanda ist sich nicht ganz sicher, wie man „Pistachios" ausspricht.

Heißt es „Pista-she-ohs" oder „Pi-star-ki-os"? Sie nimmt einen Schluck und denkt nach. Geht schon.

MORNING GHETTO

Ein halbes Glas Vinho Verde (oder Tequila)
Zwei Schuss Orangensaft
Etwas Sprudel
Mango, püriert

Zwei Stunden sind vergangen, und Amanda wollte gerade mit „dem guten Zeug" anfangen, Rye Whiskey, aber jetzt hat sie sich doch umentschieden.

„Heute trinke ich mit dem Portemonnaie", zitiert sie einen Spruch, den sie von ihrem Freund Matt hat. Mit dem Portemonnaie trinken bedeutet, jene Flaschen zu leeren, die sowieso schon angebrochen sind. Amanda schämt sich etwas dafür, dass sie diese Art zu trinken als „Ghetto" bezeichnet, aber sie kann es nicht ändern. Sie kommt aus Missouri.

Es gibt noch Vinho Verde, eine offene Packung Tropicana-Orangensaft mit Fruchtfleisch, im Gefrierfach ist Mango, und diesmal hält Amanda sich nicht zurück. Sie püriert die Mangostückchen, gibt etwas Orangensaft und Sprudel hinzu, bevor sie das Ganze in ein halbes Glas Vinho Verde gießt. Mit einem kleinen Esslöffel rührt sie vorsichtig um. Amanda bevorzugt kleine Esslöffel. Die großen findet sie irgendwie unangenehm, fast schon vulgär.

Sie kriegt eine SMS. Erika geht es nicht so gut und sie muss morgen früh unterrichten, deshalb wird sie nicht zu Aysels Abschiedsfest auf Jenna und Jackies Dachterrasse kommen.

Amanda antwortet sofort: „*Lame!*"

„Das war etwas gemein", sagt sie mit Blick auf ihre SMS. Das passiert, wenn man im Affekt handelt.

Erika schickt eine weitere SMS, in der sie Amanda bittet, Aysel auszurichten „eine Menge Tequila für mich zu trinken". Aysel ist als eine äußerst stilvolle Frau bekannt, außer wenn sie Tequila trinkt.

„Dann ist sie nicht ganz so stilvoll", sagt Amanda mit einem süffisanten Grinsen. Sie trinkt ihren gelben Drink.

„Schmeckt nach Morgen", sagt Amanda.

„Schmeckt ekelhaft." Amanda nimmt noch einen Schluck.

„Tequila statt Vinho Verde – das hätten wir machen sollen."

„Aber geht schon. Läuft runter. Immerhin haben wir den Vinho Verde geleert, und das war schließlich das Ziel der ganzen Übung."

STEMPELKAFFEE UND
VOLLKORNFLOCKEN

5 große Esslöffel kolumbianische Espressobohnen
800 ml Wasser
1/2 Schüssel Kashi GoLean Cereal
Griechischer Joghurt, fettarm, nach Belieben
1 Apfel

Es ist 9:41 Uhr am Montagmorgen, den 1. Oktober, und Amanda hat einen ziemlichen Kater. Fast hätte sie sich im Zug übergeben.

„Ich weiß nicht mal wieso", sagt sie.

„Also, ich weiß schon wieso." Zuerst hatte sie sich mit Ryan eine Flasche Wein im Prospect Park geteilt. Dann waren sie in eine Bar gegangen, in der gerade Happy-Hour mit Peroni-Bier für 3 Dollar war, und Ryan kannte den Barkeeper, also hatte es noch ein bisschen was extra gegeben. Eine Flasche Champagner. Dann Gin & St. Germain und noch mehr Gin & St. Germain.

Amanda startet den Tag mit Kaffee: Kolumbianischer Espresso, dunkel geröstete Bohnen, die sie in Kilopaketen bei der Porto Rico Importing Company in der Grand Street in Brooklyn kauft. Sie füllt um die fünf-sechs große Esslöffel in die Mühle. Sie bevorzugt starken Kaffee.

„Und ich bevorzuge starke Männer", sagt Amanda.

Sie ist immer noch betrunken. Die gemahlenen Bohnen kommen in die 1-Liter-Stempelkanne aus Stahl.

„Es besteht ein reales Risiko, dass ich mich hiervon übergeben muss."

„Aber wir versuchen unser Glück." Die Koffeinmangel-Kopfschmerzen sind aktuell schlimmer als die Übelkeit. Amanda ist heute morgen um halb fünf in Ryans Bett aufgewacht. Sie fängt an, ihn zu mögen.

„Er ist fantastisch. Für mich würde er damit aufhören, alle anderen Menschen auf der Welt zu daten." Das einzige Problem ist nur, dass Amanda nicht wirklich bereit ist, das gleiche für ihn zu tun.

„Das ist zu viel", sagt sie. „Ich bin noch nicht über Josh hinweg." „Ich bin mir nicht mal sicher, ob ich mich überhaupt für eine feste Beziehung eigne."

„Mit einem Menschen."

„Irgendwie."

Sie kippt einen Schluck fettarme Milch in ihren Kaffee. Sie muss schnellstens ein paar neue Dates finden. Sonst ist sie mit Ryan in einer de facto-Beziehung. Amanda nimmt noch einen Schluck Kaffee.

„Volltreffer!" Das Geheimnis liegt in der Milch. Denn das Milchfett legt sich wie eine Haut über die Magenwand, oder so. Ist wissenschaftlich bewiesen.

Nachdem sie ihren Kaffee ausgetrunken hat, macht sie mit ihrer üblichen Schale *Kashi GoLean Cereal* weiter, eine Mischung aus Buchweizen, Sesamsamen, Sojaprotein, sieben verschiedenen Ballaststoffen und in Honig gerösteten Vollkornflocken.

Obendrauf kommt noch fettarmer griechischer Joghurt, gekauft im Angebot bei *Trader Joe's* in der 14th. Street für fünf Dollar pro Liter. Amanda macht sich viel aus Essen, das weiß sie. Josh nannte das an guten Tagen einen Fetisch und an schlechten eine krankheit.

„Seine eigene Sucht hat er dagegen weniger betont." Sie nimmt einen Apfel aus dem Kühlschrank, wäscht ihn und beißt rein.

Dann trinkt sie noch ein Glas Sprudel mit Himbeergeschmack.

„Aber mal ehrlich, wir verbringen dreieinhalb Jahre unseres Lebens mit Essen und nur zwei Wochen mit Küssen."

Der Wind rauscht im großen Ahornbaum. In der anderen Ecke des Hinterhofes, bei der Synagoge, sitzt eine Gruppe Menschen beim Abendessen unter einem wackeligen Halbdach. Sie singen und klatschen.

„Das heißt Sukkot. Das stammt von damals, als die Juden im … wo waren sie? Exil oder sowas? Anscheinend mussten sie umher wandern und in verschiedenen temporären Unterkünften übernachten. Bestimmt haben sie vor heute dort unten zu übernachten, aber das machen wahrscheinlich nur die, die besonders hardcore sind." Die Juden fangen an zu singen.

„Alle können eine Doktorarbeit schreiben, es ist nur eine Frage der Einstellung." Sie guckt aus dem Fenster.

„Ich weiß nicht genau, wie ich heute noch was auf die Reihe kriegen soll." Sie holt tief Luft und erhebt sich vom Stuhl.

„Jetzt checke ich erstmal meine Mails. Das schaffe ich gerade noch."

EIS

1/2 Liter Turkey Hill Praline Pecan Paradise Ice Cream
1/2 Liter Turkey Hill Chocolate Peanut Butter Cup

Amanda sitzt in ihrem Zimmer auf dem Bett und sucht nach Jobs. Sie hat eine Anzeige der University of Michigan gefunden, an der eine Stelle als Dozentin ausgeschrieben ist. Sie hat auch die Mitarbeiterseite von Alison Biondi gefunden, Dozentin und Leiterin des *Center for the Study of Group Processes*.

„Gruppenprozesse", sagt Amanda mit leicht verächtlichem Tonfall.

„Im Gegensatz zu was? Individuellen Prozessen?"

Amanda hat die Angewohnheit, sich zuerst die Liste der potentiellen Kollegen anzugucken, bevor sie sich auf eine Stelle bewirbt.

„Alison Biondi ist strukturelle Sozialpsychologin mit dem Spezialgebiet Gruppenprozesse und nomothetischer Theoriekonstruktion mit der dazugehörigen quantitativen Methode. Ihre aktuellen Projekte umfassen: (1) Eine Reihe von sozialpsychologischen Experimenten, die sowohl materielle als auch immaterielle soziale Wechselwirkungen und deren Einflüsse auf existierende Statushierarchien untersuchen; (2) eine Sammlung von Experimenten, die die Rolle von Gefühlen in gewerteten Gruppenaufgaben untersuchen; und (3) die Anwendung der klassischen Gruppenprozesstheorie auf Mikrokonfrontationen innerhalb ausbildungsartiger Organisationen und Freundesgruppen mit Hilfe von quantitativen Meinungs umfragen."

Amanda geht lachend in die Küche.

„Ich hasse sie", sagt sie. „Ich glaube sogar fast, dass ich ihretwegen heute keine Jobs mehr suchen werde."

Stattdessen entscheidet sie sich Eis zu essen. Leider gibt es im Gefrierfach kein Eis mehr, also muss sie zu *Key Foods* gehen. Sie hat sich vorgenommen zwei verschiedene Sorten zu kaufen. Sie weiß noch nicht welche, aber sie kennt sich.

„Wenn es um den Nachtisch geht, bin ich wie ein kleines Kind. Dann muss es viel mit noch mehr obendrauf sein, sechzehn Sorten Süßigkeiten und Schokosirup." In dieser Hinsicht unterscheidet Amanda sich total von ihrer Freundin Erica, die auf die Idee kommen kann, zu einer Eisdiele zu gehen und dann eine Kugel Vanilleeis zu bestellen. Amanda schüttelt den Kopf.

„Warum dann überhaupt Eis essen? Trink doch ein Glas Wasser. Oder wohl eher Milch." Okay, also kein Vanilleeis und kein Fruchteis.

„Niemand soll mir einreden, dass Sorbet etwas mit Eis zu tun hat", sagt Amanda, ehe sie zur Tür rausgeht.

Eine gute dreiviertel Stunde später kommt sie mit zwei Halbliterbechern Eis der Marke *Turkey Hill* nach Hause. Das ist nicht gerade Eis der besten Qualität, aber es war im Angebot – zwei Stück für weniger als ein klitzekleiner Becher *Ben & Jerry's* – und Amanda mochte schon immer große Portionen.

„Mehr ist mehr", wie sie immer sagt. Doch das gilt heute leider nicht. Wie sich nämlich herausstellt, sind die Becher mit Praline Pecan Paradise und mit Chocolate Peanut Butter Cup von der fettarmen Sorte. Amanda ist schon halb fertig mit dem Becher Pecan Paradise, als sie das diskrete Light-Symbol bemerkt.

„Das ist kein Sahneeis?", ruft sie. Nach einigen weiteren Löffeln beschließt sie eine halbe Stempelkanne Columbian Espresso zu kochen. Der Kessel von heute morgen steht noch halbvoll auf dem Herd. Amanda kippt das Wasser in die Küchenpflanzen, die ausschließlich aus Kakteen bestehen.

„Joshs Werk", sagt sie. Josh hat sich so unkompliziert wie möglich eingerichtet.

Die Bohnen werden gemahlen, das Wasser kocht, zwei Eichhörnchen laufen unten im Hinterhof herum, das eine flitzt in die Magnolie hoch, das andere knabbert an einer soeben gefundenen Nuss. Ein paar Blätter fallen sachte herab.

„Gruppenprozesse", sagt Amanda und schüttelt den Kopf. Sie schenkt sich eine Tasse Kaffee ein, nimmt einen Schluck und verzieht das Gesicht.

„Ich verkacke heute aber auch alles." Sie nimmt noch einen Schluck Kaffee und isst das restliche Pecan Paradise-Eis.

ERDBEERFRÜHSTÜCK

1/2 Schüssel Kashi GoLean Cereal
Griechischer Joghurt, fettarm, nach Belieben
6 Erdbeeren

Es ist 8:25 Uhr, und Amanda ist gerade dabei, Kaffee zu kochen. Einen Espresso hat sie bereits getrunken.

„Vielleicht mag ich Ryan nur, weil er eine Espressomaschine hat", sagt Amanda.

„Das ist doch okay, oder?"

Gestern Abend war sie ein paar Bier mit Ryan und seinem Freund Jacob trinken, der Kameramann in der Pornobranche ist und Sachen oft ‚behindert' findet. Das kann Amanda nicht so richtig ab. Sie findet, dass es verkehrt ist. Sie findet aber auch, dass es witzig ist.

„Apropos behindert", ruft Amanda, als sie sich an eine ähnliche Situation erinnert.

„Neulich in der Uni habe ich einen krassen Fehler gemacht." Amanda leitet den Kurs *Einführung in die Soziologie* am New York City College of Technology, das von allen nur City Tech genannt wird. Die Studierenden hatten ihr von einem Hollywoodfilm erzählt, *The Experiment*, basierend auf einem berüchtigten Forschungsprojekt von 1971, bei dem vierundzwanzig männliche Studenten der Stanford University zufällig ausgewählt wurden, und entweder eine Rolle als Insasse oder Wärter in einem ‚Gefängnis' zugeteilt bekamen, das für diese Gegebenheit im Keller unter der Psychologieabteilung der Universität eingerichtet worden war. Gelangweilt davon, immer die gleichen alten Dokumentarfilme in ihren Stunden zu zeigen, akzeptierte Amanda den Vorschlag der Studierenden und schaute mit ihnen dann *The Experiment*.

Das Problem – Amanda nennt es „den komplett unverantwortlichen Teil" – war, dass sie nicht wirklich Lust gehabt hatte, den Film anzugucken, ehe sie ihn den Studierenden zeigte. In ihrer Klasse gab es gläubige Muslime und orthodoxe Juden, daher begann Amanda die Stunde damit zu erwähnen, dass der Film gewalttätige Szenen und blasphemische Sprache beinhaltet. Es stünde daher jedem frei, das Klassenzimmer jederzeit zu verlassen. Nach einer Stunde mit gemäßigtem psychosozialem Drama und unschuldigen Schlägereien machte der Film eine Kehrtwende. Die Gefangenen rebellieren, ein Mann wird totgeprügelt, ein anderer vergewaltigt, worauf einer von Amandas Studierenden, ein Muslim, seinen Kopf unter den Armen begrub.

„Also sprang ich vom Stuhl auf, schaltete den Fernseher aus und sagte ,Sorry, wir stoppen hier! Das hat jetzt nichts mehr mit dem Versuch zu tun.' Und die Studierenden nur so: ,Was, nein, hör auf, wir wollen das sehen, wir sind erwachsene Menschen', aber ich beharrte darauf. ,Nein, das hier ist so daneben, meine Güte, dass ich euch das gezeigt habe, dafür kann ich gefeuert werden'. Und die nur so, ,Okay, ganz ruhig, du bist ja voll am Durchdrehen'."

So ähnlich reagierten sie auch einmal im letzten Semester, als Amanda ein Seminar damit begann, sich dafür zu entschuldigen, dass sie in der vorherigen Woche das Wort ,Voodoo' abfällig benutzt hatte. Ein Student hatte wissen wollen, welches Sternzeichen Amanda sei, worauf sie geantwortet hatte, dass sie nicht an ,dieses Voodoo-Zeug' glaube. Jetzt ist es aber so, dass Amanda natürlich genau weiß, das Voodoo eine weitverbreitete religiöse Praxis an der afrikanischen Westküste und auf Haiti ist, weshalb sie ihre Antwort rassistisch fand. Dafür entschuldigte sie sich. Die Studierenden guckten sie daraufhin schweigend an, einige von ihnen mit einem leicht verwirrten Gesichtsausdruck.

„Was ist bloß los mit mir?", fragt Amanda.

„Ich weiß nicht, was abfällig ist und was nicht." Sie presst den Stempel nach unten. Die optimale Brühdauer ist vier Minuten.

„Ich gebe ihm lieber fünf Minuten", sagt Amanda, und schenkt sich eine Tasse ein. Sie nimmt einen Schluck.

„Aber dieses Mal hat er unter vier Minuten bekommen. Weil ich eine Idiotin bin."

Amanda trägt ein grünes T-Shirt und Jogginghosen. Vor einer Stunde war sie in ihrem Rock, High Heels und hübschem Jacket noch Teil des morgendlichen Pendlerstroms der U-Bahn-Linie G gewesen. Mit dem Unterschied, dass die anderen Passagiere auf dem Weg zur Arbeit gewesen waren, während Amanda auf dem Weg in ihren Schlafanzug war. Ihr war aufgefallen, wie skeptisch die anderen sie gemustert hatten, als sie an einer Haltestelle ausstieg, an der Leute normalerweise nur einsteigen, und sich entgegen dem Strom die Treppen hoch gemüht hatte wie eine Art U-Bahn-Lachs. Amanda hatte nichts als Mitleid für sie übrig gehabt.

„Die müssen mich gar nicht so anglotzen, nur weil ihr Leben scheiße ist", sagt sie. Ungefähr so geht es ihr auch mit Stand-Up-Comedians – deren Talentlosigkeit hat etwas Tröstliches.

„Sie sind immer schlecht. Deswegen liebe ich sie. In mir zieht sich alles zusammen, wenn sie auf der Bühne stehen, aber irgendwas hat dieser Mangel an Fähigkeiten auch an sich, sodass es am Ende trotzdem komisch ist. Weil ... sie nichts anderes machen. Es ist ihr großer Traum, sie schuften wirklich dafür, und das ist furchtbar."

Amanda liebt Kaffee. „Das ganze Koffein", sagt sie. „Wahrscheinlich ist das der Grund dafür, dass ich jeden Morgen liebe. Da habe ich wirklich das Gefühl, ich könnte alles schaffen. Sachen erledigen." Sie nimmt einen Schluck.

„Ich glaube heute kann ich an meiner Abhandlung arbeiten. Ich freue mich sogar darauf."

Amanda nimmt sechs gefrorene Erdbeeren aus dem Gefrierfach, legt sie in eine Schale und stellt sie in die Mikrowelle. Sie sind für ihren Joghurt mit Müsli.

Sie kann erst Joghurt essen, nachdem sie Kaffee getrunken hat. Ab und zu, wenn sie wirklich einen richtig schlimmen Kater hat, isst sie Joghurt, bevor sie Kaffee trinkt, aber nie gleichzeitig. Joghurt zusammen mit Kaffee ist, laut Amanda, geradezu ekelhaft. Es ist eine Frage der Textur und der Bitterkeit.

Während Amanda also ihren Kaffee trinkt, mischt sie das Müsli mit Joghurt und den sechs, zu diesem Zeitpunkt, matschigen Erdbeeren. Sie füllt ein großes Glas mit Wasser aus der Kanne aus dem Kühlschrank. Beim Essen denkt sie über ihre Beziehung zu Ryan nach. Es ist kompliziert.

Ryan wünscht sich eine exklusive Beziehung, in der sie keine anderen daten, aber im Moment hat er noch was mit einer anderen laufen, in der Hoffnung es würde Amanda so eifersüchtig machen, dass sie sich der Monogamie hingibt. Dem ist nicht so, Amanda will vorläufig nicht ausschließlich mit Ryan zusammen sein. Aber in der Praxis ist sie, ironischerweise, genau das. Vorwiegend weil sie es nicht auf die Reihe kriegt, oder kriegen will, jemand anders zu finden.

„Goffmann würden dazu ein, wenn nicht zwei Sachen einfallen", sagt Amanda.

„Früher habe ich Goffmann gehasst", sagt sie. „Ich glaube, weil ich ihn missverstanden habe. Eigentlich laufen seine Argumente darauf hinaus, dass wir eine bestimmte Situation anhand der vielen verschiedenen Strukturen definieren, die diese umgeben. Und dann versuchen wir innerhalb dieses Rahmens zu handeln. Wenn wir dann handeln, unterstützen wir in der Regel diese Strukturen, reproduzieren sie und werden eins mit ihnen, wodurch nicht viel Platz für Veränderung bleibt. Ich finde, es lohnt sich darüber in Bezug auf soziale Relationen nachzudenken, um zu verstehen, warum sie so unvorhersehbar sind. Eine unendliche Reihe symbolischer Handlungen."

Amanda hat ihr Müsli gegessen. Sie schenkt sich eine Tasse Kaffee und ein Glas Wasser ein. Mit der Tasse in der einen und dem Glas in der anderen Hand verlässt sie die Küche und geht durch das Wohnzimmer ins Schlafzimmer, das gleichzeitig als Büro dient.

„Wenn etwas passieren soll, dann jetzt."

MANGOSNACK

Gefrorene Mangostückchen
Griechischer Joghurt, fettarm, nach Belieben

Es ist Nachmittag, sechs Minuten nach drei und Zeit für einen Snack. Amanda nimmt die Packung mit den gefrorenen Mangostückchen aus dem Gefrierfach und schüttet eine Handvoll davon in eine kleine Schüssel. Die Schüssel lässt sie für ein paar Minuten auf dem Küchentisch stehen. Der Plan ist, die Mangostückchen gefroren zu essen.

„Sie müssen nur ein klein wenig antauen", sagt Amanda.

„Dann haben sie die perfekte Konsistenz. So leicht cremig. Abgesehen von den Unreifen." Sie kippt etwas griechischen Joghurt über die Stückchen. Kein Müsli.

„Nachmittags kannst du kein Müsli essen", sagt sie.

„Außer du bist high. Aber dann müssten es Coco Pops sein."

Amanda trägt Shorts und einen Hoodie. Sie hat außerordentlich gute Laune und sich dazu entschlossen, Foucault als ihren theoretischen Ausgangspunkt zu nutzen. Die Idee kam ihr vor einer Stunde, als sie einen Artikel las, der die Akteur-Netzwerk-Theorie, auch bekannt als material-semiotische Methode, mit Foucaults diskursiven Mächten koppelte. Diskursive Mächte sind im Wesentlichen – und das ist, was Amanda so froh macht – soziotechnische Netzwerke. Das Argument ist, dass alle Gegenstände, genauso wie soziale Akteure, Handlungsmacht haben. Das Materielle und das Soziale sind auf dem gleichen Niveau. Oder wie Amanda es gegenüber ihren Studierenden ausdrückt, während sie mit der Hand auf das Pult schlägt: „Dieser Tisch ist politisch!"

Die Mango ist jetzt weich genug, um gegessen zu werden. Amanda sitzt im Schneidersitz. Ihre Abhandlung beschäftigt sich mit der Entstehung des Weltraums als Wissensraum.

„Ich argumentiere, dass die Technologie das politische Problem geschaffen hat. Und dass der politische Beschluss die Verbreitung neuer Technologien zuließ, die dann in diesem Raum, mit Hilfe des Militärs und einer Reihe von Energiegesellschaften, auf eine bestimmte Weise agieren konnten, wie sie es sonst nie hätten machen können."

„Das ist natürlich alles ziemlich banal."

„Ich versuche bloß die Vorstellung davon zu problematisieren, dass der Weltraum immer existiert hat. Das hat er nämlich nicht. Früher war er einfach ein normaler Luftraum."

Im Hinterhof bellt der Hund des Nachbarn. Amanda wartet darauf, dass Ryan sie abholt. Sie wollen ein Ausflug in Ryans Auto machen. Sie hat Lust zum Strand zu fahren, also springt sie schnell unter die Dusche und zieht sich heute zum zweiten Mal etwas an. Und obendrein hat ihr Cousin aus Kansas City – dort plant sie Weihnachten zu feiern und möglicherweise das ganze nächste Semester zu verbringen, weil es gerade so aussieht, als würde keiner von ihren Lehraufträgen verlängert werden, und das würde bedeuten, dass sie nicht in der Lage wäre ihre Miete zu zahlen – ihr angeboten, dass sie bei ihm wohnen kann. So lange sie will.

„Ich fühle mich geliebt", sagt Amanda.

BUTTERNUT-KÜRBISSUPPE

2 Zwiebeln

2 EL Butter

Zucker (optional)

2 Butternut-Kürbisse (in der Größe eines guten, soliden Wadenmuskels)

1 Kartoffel (optional)

1 Handvoll Salbei

3 Knoblauchzehen

Kräuter: Thymian, Rosmarin, Basilikum, Estragon

Lavendel, Herbes de Provence und getrocknete Birkenblätter

Gemüsebrühe

Wasser

Hefeflocken

Kürbiskerne

Salz

Pfeffer

Einer der angenehmsten Momente in Amandas Arbeitswoche ist der Freitagvormittag, wenn sie um Viertel nach zehn den Seminarraum verlässt.

„Das ist so ein Gefühl von: ‚So, jetzt bin ich fertig‘, das ist großartig", sagt sie.

Es ist schon fast Mittag und sie ist zurück in der Küche.

Dort trinkt sie eine Tasse Kaffee aus der Kanne vom Morgen, die eine kurze Runde in der Mikrowelle gedreht hat.

„Das ist der Beweis dafür, dass ich wirklich unzivilisiert bin", sagt Amanda und nimmt noch einen Schluck.

Die heutige Vorlesung handelte von der Nicht-Neutralität technologischer Erfindungen. Darüber, wie sie sowohl Lösungen als auch Probleme erschaffen. Amanda verwendete das Handy als Beispiel. Es kann von großem Nutzen sein, aber oft endet man damit, von ihm abhängig zu sein, um einen Job zu kriegen, sich sicher zu fühlen und wenigstens ein einigermaßen funktionierendes Sozialleben zu führen.

Ein Mädchen aus der hintersten Reihe hatte ergänzt: „Genau, und Leute ohne Handy müssen keine Angst davor haben, es zu verlieren."

Dann sagte ein Typ: „Ich glaube, das, was sie meint, sind diese sogenannten *First World Problems*."

Die ganze Klasse hatte angefangen zu lachen. Amanda unterbrach sie:

„Handys sind in Dritte Welt Ländern eigentlich sehr verbreitet." Keiner reagierte. Im Raum wurde es immer stiller.

„Ich glaube, ich halte jetzt einfach den Mund", sagte Amanda.

Sie hat beschlossen zum Mittagessen Suppe aus einem Butternut-Kürbis zu machen. Das ist eines von Amandas Lieblingsgerichten. „Um dem Ganzen etwas Geschmack zu geben, lassen wir ein paar Zwiebeln karamellisieren. Das gibt Tiefe. Ansonsten schmeckt es nur nach püriertem Gemüse." Ein größerer Topf steht leer auf dem eingeschalteten Herd, während Amanda eine Zwiebel schält und schneidet.

„Sind zwei Zwiebeln nicht etwas zu viel?", fragt sie.

„Ich glaube nicht", antwortet sie und nimmt einen Schluck Kaffee bevor sie noch eine Zwiebel schält. Die Schale und die Zwiebelenden legt sie dann in eine Plastikdose. Das ist Amandas Art, Gemüsebrühe zu machen. Sie bewahrt alles auf, Mohrrübenenden, Kartoffelschalen, alten Spargel, schrumpelige Paprikas, alle möglichen Gemüsereste – außer Kreuzblütler. Das wären zum Beispiel Kohl, Grünkohl und Brokkoli, weil deren Geschmack zu dominant wird. Sie bewahrt alles im Gefrierfach auf, bis sie genügend beisammen hat, um einen Topf zu füllen. Dann bedeckt sie alles mit Wasser, gibt frische Petersilie hinzu und lässt das ganze mindestens ein paar Stunden kochen, um auch das letzte bisschen Geschmack aus den Gemüseresten zu ziehen.

Zuletzt wird es gesiebt, und dann hat sie ihre Brühe. Ihre Mutter kaufte immer Brühwürfel, aber die kommen Amanda bestimmt nicht ins Haus.

„Die finde ich zum Kotzen. Die bestehen doch aus nichts. Im

Wesentlichen zahlst du für Salz."

„Mit der Brühe aus Resten fing ich damals an, weil ich sowieso kompostierte. Ich schleppte alles runter zum Markt im McCarren Park, aber der war nur einmal die Woche, deshalb bewahrte ich alles in einer Tüte im Gefrierfach auf, wo es dann irgendwann den ganzen Platz einnahm. Wenn du erstmal mit dem Kompostieren angefangen hast, kannst du bald gar nichts mehr wegschmeißen. Es wird zu einem schweren moralischen Joch, das du mit dir herumträgst, und die Tüte wird auch immer schwerer. Es ist fast ein Kilometer bis zum McCarren Park, und Josh hatte natürlich keine Lust mir zu helfen und sagte: ‚Ach, schleppst du wieder deine Tüten voller Gemüsescheiße weg', es war also in jeder Hinsicht krass nervig."

Eine Zeit lang versuchte Amanda zu Hause in der Wohnung zu kompostieren.

„Aber das war zu widerlich. Ich habe es nicht geschafft die Feuchtigkeit zu regulieren. Überall lief Molke hin. Beziehungsweise Molke war das wohl nicht. Müllsaft. Jedenfalls endete es damit, dass Josh ‚Jetzt reicht's', sagte. Da habe ich aufgegeben. Aber die Scheiße frustriert mich immer noch, auch weil ich früher in San Francisco gewohnt habe, wo sie vorbeikommen und deinen Kompost an der Haustür abholen."

Amanda ging in San Francisco aufs College. Sie sehnt sich danach, dorthin zurückzukehren. Vorläufig wird das nichts. Dafür hat sie zwei Zwiebeln geschält und geschnitten, die jetzt im Topf vor sich hin braten.

„Wenn man Zwiebeln karamellisiert, gibt es die Option, Zucker hinzu zu geben, was ich aber nicht mache. Obgleich es sie unbestritten süßer macht, wäre das wie schummeln. Stattdessen brate ich sie länger." Bevor die Zwiebeln karamellisiert sind, kann es schon mal eine Stunde dauern. Amanda gibt zwei Esslöffel Butter hinzu.

„Man kann krass viel Butter benutzten, sie werden davon nur besser. Aber ich achte hier auch auf die Gesundheit", sagt sie.

Es ist Zeit für die Hauptzutat. Nachdem sie die Butternut-Kürbisse in der Spüle gewaschen hat, schneidet Amanda die Enden ab und fängt an sie zu schälen. Beide haben die Größe eines, wie Amanda es beschreibt, guten, soliden Wadenmuskels. Doch sobald sie das ausgesprochen hat, ist sie sich unsicher, ob ihre Verwendung von „gut" nicht implizieren könnte, dass es eine Idealgröße für Wadenmuskel gäbe. Sie starrt ein paar Sekunden leer in die Luft.

„Das vergessen wir einfach", sagt sie und schält weiter.

„Das hier ist mit das Komplizierteste", sagt sie über die Kürbisse. Amandas Schäler hat nur einen Dollar gekostet, und ist so gut wie unbrauchbar. Sie beneidet Leute, die mit einem Messer schälen können. Sie beneidet sie um dieses Handwerk. Und sie beneidet sie um ihre Messer. Einmal hatte Amanda ein ganzes Set an Qualitätsmessern zur Verfügung. Das war, als Josh noch hier wohnte. Als er auszog, nahm er sie mit. Jetzt hat Amanda nur ein gutes Messer übrig, ein Kochmesser von *Henckels*.

„Das liegt am unteren Ende der Top-Qualitätsmesser-Skala,

das ist ganz okay", sagt Amanda.

Abgesehen davon, dass es stumpf ist. Sie denkt darüber nach, einen Messerschleifer zu kaufen.

„Aber was, wenn der nicht reicht?" Rechnet es sich mehr, ein ganzes Set Standardmesser zu kaufen? Oder soll ich lieber in ein einzelnes, wirklich gutes Messer investieren? Und im Falle des letzteren, welche Art Messer sollte man in hoher Qualität besitzen? Normalerweise benutze ich das Kochmesser, aber ich bin mir nicht sicher. Vielleicht sollte ich einen Messerschleifer kaufen. Vielleicht sollte ich einfach sagen ‚das wird mir grad zu viel, darum kümmere ich mich nächste Woche', genauso wie mit meiner Doktorarbeit."

Nachdem sie die Kürbisse geschält hat, füllt Amanda die Schalen in weiser Voraussicht in eine Plastikdose, um sie später für die Gemüsebrühe verwenden zu können. Sie befreit die Kürbisse von Fasern und Kernen, die sie in ein Sieb schabt, bevor sie die Kerne aussortiert, damit sie geröstet werden können.

„Das ist zwar super nervig, aber man kann die Kerne nicht einfach wegschmeißen, weil sie nämlich ganz schön lecker sind."

„Sie funktionieren zwar nicht optimal in der Suppe, weil sie weich werden und ihre Knusprigkeit verlieren. Aber ich tue trotzdem ein paar rein." Amanda mag es nicht, wenn Lebensmittelreste weggeschmissen werden.

„Warum nicht das ganze Gemüse verwenden?"

„Das ist wie bei den amerikanischen Ureinwohnern und den

Bisons. Sie verwendeten das ganze Tier. Aus der Haut machten sie Kleidung, aus den Haaren Seile, und aus dem Magen eine Art Trinkflasche. Dann kamen die Weißen und töteten einfach alle Bisons, aus Spaß. Und vielleicht wegen des Fleisches. Aber der Punkt ist, dass sie das Tier nicht so respektierten, wie es die Eingeborenen taten. Man kann also sagen, dass ich der Heiligkeit des Kürbisses Tribut zolle und seinen Wert anerkenne. Nein, im Ernst, ich finde es nur etwas faul. Und ineffizient."

„Lebensmittelgeschichte mag ich wirklich."

Vor ein paar Jahren verbrachte Amanda einen Sommer in Washington D.C., wo sie sich auf der Suche nach Material für ihre Doktorarbeit in Archivarbeit vergrub. Josh kam zu Besuch und sie fuhren auf eine Campingtour nach West Virginia, in den Shenandoah National Park westlich der Blue Ridge Mountains, wo es so viel Kohle gibt, dass sie aus dem Boden wächst. Sie schlugen ihr Zelt am Ufer des South Toe River auf und machten aus der Kohle ein Lagerfeuer. Am Tag danach besuchten sie einen alten Landsitz mit einem Garten, der in seinem ursprünglichen Zustand erhalten worden war.

„Dort wuchsen die merkwürdigsten essbaren Sachen", sagt Amanda.

„Damals aßen Amerikaner keine Tomaten, weil sie dachten, sie wären giftig. Und ich erinnere mich daran, wie cool ich es fand, dass Essen als ein Symbol für das kollektive Gedächtnis dient."

Amanda halbiert den anderen Kürbis. Eine Hälfte fällt zu Boden. Sie sammelt sie auf.

„God made dirt, so dirt don't hurt", sagt Amanda. Ein alter Spruch aus dem Mittleren Westen.

„Obwohl – hier in Greenpoint, wo der Boden tatsächlich radioaktiv ist, funktioniert der Spruch vielleicht nicht ganz so gut."

Amanda wäscht die Kürbishälfte und fängt an, die Innereien zu entfernen. Sie ist auf dem Land geboren und aufgewachsen, in der Mitte des Landes, vierzig Kilometer außerhalb von Kansas City, Missouri, zwölf Kilometer entfernt von der nächsten Kleinstadt. Dort gab es überall Kürbis.

„Wir haben durchgehend Kürbis geschnitten", sagt sie.

„Ausgehöhlt und Laternen draus gemacht. Aber wir haben sie nie gegessen. Niemand hat je Kürbis gegessen. Ich habe auch in Missouri noch nie einen Butternutkürbis bekommen. Als ich klein war, haben wir so gut wie nie Gemüse gegessen. Die Menschen leben in einer Welt aus lauter Einkaufszentren, sind kulturfremd und haben überhaupt kein Verhältnis zu den Sachen, die sie essen. Alle Felder sind voller Mais, den die Menschen nicht essen dürfen, weil er Schweinefutter ist. Im wahrsten Sinne des Wortes."

„Und das ist nur einer der Gründe, warum es ein furchtbarer Ort ist. An den ich gerne zurückziehen würde."

Der Geruch von Zwiebeln verbreitet sich in der Küche..

„Das Wichtigste ist Geduld", betont Amanda. Die Zwiebeln sind noch nicht fertig. Sie hat die Kürbisse in Würfel geschnitten, aber mag Würfel eigentlich nicht als Maßeinheit.

„Die Würfelgröße ist relativ zum jeweiligen Gemüse", sagt sie.

„Augenblick."

„Vielleicht doch nicht."

„Vielleicht sind das hier Würfel, wie man es auch dreht und wendet." Amanda wäscht eine Kartoffel.

„Wir fügen die Kartoffel hinzu, weil ich eine Kartoffel gekauft habe, nicht weil das Gericht eine Kartoffel benötigt. Butternut-Kürbis alleine ist schon cremig genug". Sie überspringt das Schälen der Kartoffel, und belässt es dabei, nur die Augen herauszuschneiden.

„Aus diesen Stellen keimen sie", sagt Amanda. „Wenn du also Kartoffeln anbauen möchtest, schneidest du sie in kleine Stücke, und zwar so, dass jedes Stück ein Auge hat. Dann säst du sie in Reihen aus und bekommst Kartoffelpflanzen. Das ist doch witzig, oder?"

Sie hackt eine Handvoll gefrorenen Salbei.

„Ich habe vor, den Salbei mit den Zwiebeln zu bräunen. Es ist kein frischer Salbei, weswegen wir das Fett brauchen, um den Geschmack herauszuziehen." Sie hackt drei Knoblauchzehen. Sie zu pressen, wäre auch eine Alternative gewesen. Sie hätte sie eigentlich pressen sollen.

„Aber die Knoblauchpresse zu reinigen ist auch wieder so eine Sache. Ich packe es einfach nicht."

Die Reste werden wieder in die Gemüsebrühe-Dose gelegt. Knoblauch ist eine wesentliche Zutat für Gemüsebrühe.

So weit, so gut: Die Zwiebeln waren jetzt eine Dreiviertel-stunde in der Pfanne, Knoblauch, Kartoffel und Salbei sind dazu gekommen, die zwei Butternut-Kürbisse liegen gewaschen, geschält und in Würfel geschnitten auf dem Schneidebrett. Die Kerne sind kurz davor geröstet zu werden.

„Meine Mutter hat Kürbiskerne immer in den Ofen getan, aber ich habe keine Lust ihn anzumachen." Sie dreht die Gasflamme auf die höchste Stufe und rührt konstant in den Kernen.

„Eigentlich müsste man sie erst ganz austrocknen lassen, bevor man sie röstet. Gerade verdampft hauptsächlich die Flüssigkeit in ihnen, deshalb werden sie wohl nicht super knusprig. Ich weiß nicht, ob es einen Unterschied macht. Was ich aber weiß, ist, dass sie richtig gut für den Körper sind. Da ist dieses Mangan drin, oder wie das heißt."

Die Kerne fangen an zu poppen. Einige sind verbrannt. Amanda dreht die Flamme etwas runter.

„Ich würde gerne mehr über Wärme wissen", sagt sie. „Einige Leute wissen alles darüber, was ‚mittlere Hitze' ist, und bei welcher Temperatur bestimmte Sachen am besten braten." Amanda macht die Flamme unter den Kernen aus und lässt sie dann abkühlen, während sie ihre Aufmerksamkeit wieder der Suppe widmet.

„Jetzt müssen Entscheidungen getroffen werden", sagt sie.

„Sollen wir sie mit Curry würzen? Sollen wir warme Gewürze verwenden? Ich würde sagen: Nein. Wir schlagen einen anderen Weg ein." Sie streut Thymian, Rosmarin, Basilikum, Estragon, Lavendel und ein bisschen aus dem Glas mit Herbes de Provence in den Topf.

„Sich für die falsche Gewürzbasis zu entscheiden, kann alles kaputt machen", sagt Amanda, die sich in ihrer Entscheidung nicht ganz sicher fühlt.

„Aber wegen des Salbeis mussten wir weiter in diese Richtung gehen." Dann sind die Zwiebeln fertig.

„Karamellisierter werden sie nicht, und Zeit haben wir auch keine." Die Gemüsebrühe hat jetzt eine Stunde lang aufgetaut. Teilweise ist sie noch gefroren, als Amanda sie zusammen mit den Kürbiswürfeln in den Topf schmeißt. Sie fügt noch ein paar getrocknete Birkenblätter hinzu, und bedeckt dann das ganze mit Wasser.

Draußen ist der Himmel blau und Sonnenstrahlen brechen durch die schmutzigen Fenster. Es ist der 5. Oktober und die Magnolie im Garten hinter dem Haus ist groß und grün. Auf der Feuerleiter direkt unter dem Fenster wächst in einem kleinen Topf eine zarte Blume mit drei roten Blättern.

„Oooh, guck mal", sagt Amanda, „sie blüht!"

Das ist eine willkommene Überraschung. So weit sie weiß, ist es eine Wüstenrose, die normalerweise den ganzen Sommer über blüht. Es ist eine von Amandas Lieblingsblumen.

„Die verlangt nichts von dir. Du musst sie nicht mal umtopfen. Sie kommt von selbst jedes Jahr wieder."

Sie erinnert sich an ihren Traum von gestern Nacht. Zu Beginn dachte sie, sie hätte einen Pickel auf dem Rücken, dieser entpuppte sich jedoch als Keimling eines Apfelbaumes, der aus dem Kern eines Apfels, den sie gegessen hatte, aus ihr heraus wuchs. Sie hatte ihn erst weggeschnitten, aber er hatte nicht aufgehört zu wachsen, und bald sprießten Keime eines Feigenbaumes aus ihrem Bauch heraus. Sie schnitt und schnitt, Topinamburpflanzen, Petersilie, eine Bohnenranke und Flaschentomaten, bis sie schließlich aufgeben musste und sich einfach von den Pflanzen zuwachsen ließ, was es schwer machte, aus der Tür zu kommen, und unmöglich, Klamotten zu tragen. Das war aber auch nicht mehr nötig. Denn so lange sie dafür sorgte, jeden Vormittag am Fenster zu stehen, dort drei Stunden Sonne zu kriegen und sich jeden Abend zu gießen, konnte sie von dem Leben, was sie auf sich selbst erntete.

„Das war wirklich cool und auch etwas peinlich", erinnert sich Amanda.

„Das hatte fast etwas autoerotisches an sich. Eine vege- tarische Ausgabe von sich selber lecken." Amanda muss an einen der Pornoschauspieler aus Ryans Freund Jacobs letzten Film denken. Damals an der Uni war er Turner gewesen und hatte einen Schwanz, der im erigierten Zustand 24 cm maß, was es ihm ermöglichte, sich selbst einen zu blasen. In der Regel lief das unter der Kategorie Onanie, außer er schluckte, dann war es Gayporno.

„Heteromänner sind so empfindlich, dass es fast schon süß ist", sagt Amanda.

An dem Film, den Jacob gerade drehte, war hingegen gar nichts empfindlich. *Pub(l)ic Disgraze* ist der Arbeitstitel, und handelt davon, dass eine Frau, fast ohne Klamotten, an einem öffentlichen Platz auftaucht, woraufhin sie von zufällig vorbeilaufenden

Passanten berührt, angeleckt, angespuckt, gefingert und heftigst beschimpft wird. Während Jacob von seinem Arbeitstag erzählte, hatte Ryan Amanda nervös angelächelt.

„Ich habe versucht nicht zu reagieren, was ca. zwölf Sekunden geklappt hat, weil das alles doch ziemlich abgefuckt war."

Also hatte Amanda Jacob gefragt, ob es ihn erregen würde, wenn Frauen misshandelt werden, und Jacob hatte geantwortet nein, weil er jetzt schon so viel davon gesehen hätte, dass es Alltag für ihn geworden sei, was Amanda dazu veranlasst hatte, ihn mit leicht erhobener Stimme darauf aufmerksam zu machen, dass so eine „verfickte Scheiße", wie sie es nannte, quasi Alltag ist.

„Jeden verdammten Tag in diesem Land passiert es ungefähr tausendmal, dass irgendein Arsch eine Frau überfällt", sagt Amanda jetzt so, wie sie es zu Jacob gesagt hatte. „Grabscht ihr an die Titten, klatscht ihr auf den Arsch oder vergewaltigt sie so, dass ihre Scheide genäht werden muss."

Ryan hatte stumm neben ihr gesessen und ausgiebig das Etikett seines Bieres studiert.

„Nun sind das ja Pornoschauspieler", hatte Jacob gesagt. „Sie kriegen Lohn und so weiter. Ich glaube, das ist was anderes."

„Ja, es ist etwas anderes, weil es industrialisiert und institutionalisiert ist, aber deswegen ist es doch nicht weniger beschissen."

„Okay", hatte Jacob halb verwundert, halb fragend gesagt.

„Was glaubst du, wie viele Mädchen auf der Straße belästigt werden?"

„Keine Ahnung. Viele wahrscheinlich."

„85%. Bevor sie siebzehn werden."

Amanda war dreizehn gewesen, als sie im Bus neben einem älteren Mann gesessen hatte, der ihr erst seine Hand auf den Oberschenkel gelegt, und ihr dann lächelnd gesagt hatte, was sie doch für einen hübschen karierten Cordrock anhabe.

„*Nice guy*", sagt Jacob.

„Nein, da war überhaupt nichts *nice*. Es war mega ätzend. Und genauso mega ätzend ist es, Pornos zu drehen, die die Auffassung promovieren, der weibliche Körper sei öffentliches Eigentum."

Ryan hob einen Finger und guckte hoch.

„Könnte man es nicht auch als eine Art Ventil sehen? Ein unschuldiger Ort an dem Leute ihre dreckigen Fantasien ausleben können? Genauso wie Mangapornos für Pädophile. So ein Ventil ist notwendig. Hat Jung nicht gesagt *'What you resist, persists'*?"

„Jung war ein Idiot. Porno bedient nicht unsere Fantasien, Porno produziert sie."

Ryan wandte sich wieder dem Etikett zu. Jacob saß zurückgelehnt in seinem Stuhl und guckte Amanda nachdenklich an.

„Da bin ich mir nicht so sicher", sagte er. „Ich habe das Gefühl, es ist anders. Aber du kannst ja mitkommen und es dir angucken."

„Was kann ich?"

„Als Zuschauer."

„Bei einem Porno?"

„Wenn du willst."

„Und ihr ins Gesicht spucken?"

„Du kannst auch nur zugucken, das machen die meisten. Aber

du kannst danach mit ihr sprechen, wenn du Lust hast. Nächsten Samstag ist Erin Zane dran, sie war auf der Uni und so."

Einen Augenblick lang war Amanda sprachlos gewesen.

„Bestimmt nicht", sagte sie dann.

„Allein schon bei dem Gedanken daran wird mir schlecht", erklärt sie, während sie in der köchelnden Suppe rührt.

„Diese Verdinglichung von Körpern." Amanda geht ins Schlafzimmer und holt ihr Karl Marx-Buch. Heute Morgen im Kurs war das Thema Marx. Sie schlägt *Die deutsche Ideologie* auf.

„Sowie nämlich die Arbeit naturwüchsig verteilt zu werden anfängt, hat Jeder einen bestimmten ausschließlichen Kreis der Tätigkeit, der ihm aufgedrängt wird, aus dem er nicht heraus kann; er ist Jäger, Fischer oder Hirt oder kritischer Kritiker und muss es bleiben, wenn er nicht die Mittel zum Leben verlieren will." Amanda lässt die Worte sacken. Sie steht auf.

„Jetzt kommt's", sagt sie.

„Während in der kommunistischen Gesellschaft, wo jeder nicht einen ausschließlichen Kreis der Tätigkeit hat, sondern sich in jedem beliebigen Zweige ausbilden kann, die Gesellschaft die allgemeine Produktion regelt und mir eben dadurch möglich macht, heute dies, morgen jenes zu tun, morgens zu jagen, nachmittags zu fischen, abends Viehzucht zu treiben, nach dem Essen zu kritisieren, wie ich gerade Lust habe, ohne je Jäger, Fischer, Hirt oder Kritiker zu werden." Amanda lächelt.

„Das ist pure Poesie."

Sie legt das Buch beiseite, um wieder in der Suppe zu rühren, aber schmeißt in der Bewegung einen Kaktus um. Er bricht in der Mitte durch.

„Ich habe gerade eine Pflanze getötet", sagt Amanda. Sie starrt den Kaktus an.

„Endlich kann ich die Scheiße wegschmeißen."

Macht sie aber nicht. Sie sammelt den Kaktus auf, legt den abgebrochenen Teil in ein leeres Marmeladenglas und füllt es mit Wasser. Dann fängt sie an aufzuräumen. Amanda mag es aufzuräumen, während sie auf das Essen wartet. Denn wenn es dann fertig ist, kann sie essen, ohne daran denken zu müssen, dass sie auch noch aufräumen muss. Sie spült und wringt den Lappen aus, bevor sie ihn für eine Minute in die Mikrowelle legt.

„Das tötet die Bakterien ab", erklärt sie. Amanda wischt den Küchentisch und spült Messer, Schneidebrett, Sieb und Pfanne ab. Jetzt ist es Zeit Laufen zu gehen. Vorher noch schnell ein paar Unterarmstütze. Mit dem Gesicht Richtung Boden stützt sie sich zweieinhalb Minuten lang auf den Ellenbogen und Zehen ab. Dann zieht sie ihre Laufschuhe mit den dünnen Sohlen an, bindet den Wohnungsschlüssel an den Schnürsenkeln fest und geht aus der Tür.

Die Suppe köchelt genau die eineinhalb Stunden weiter, die Amanda braucht um wieder nach Hause zu kommen. Sie ist fünfzehn Kilometer gelaufen. Nur ein einziger Typ hat ihr etwas hinterher gerufen, ein Mann mit Bart, der am Steuer eines *Ford Taurus* saß. Auf mittlerer Höhe der Kent Avenue ließ er das Fenster runter und rief: „Hey, Süße!". Sie zeigte ihm den Mittelfinger. Davon abgesehen konnte sie in Ruhe laufen, was für New Yorker Verhältnisse gar nicht schlecht ist. Amanda läuft selten eine Runde, ohne ein gut hörbares männliches Interesse zu wecken. Durchschnittlich kommt es zwei Mal vor. Sie nimmt es nicht persönlich. Letzte Woche heulte ein LKW-Fahrer wie ein Wolf als Amandas Freundin Erika über die Kreuzung lief, an deren Ampel er gerade gehalten hatte. Erika, die sonst eher der sanfte, fast schon konfliktscheue Typ ist, lief zu seinem Lastwagen rüber und schrie ihm mit der Hand im Schritt zu: „Na, ist es das, was du willst? Jetzt sofort? Dann komm her, Fettsack!"

Amanda konnte es kaum glauben. Das konnte Erika selbst auch nicht wirklich.

„Ich weiß nicht, was da in mich gefahren ist", sagte sie später.

„Ich habe Freunde, die Body-Aktivisten sind, ich schwöre, ich habe an ihrer Demo teilgenommen."

Die heutige Route ging entlang der Hafenfront, vorbei an der Marinewerft und den ganzen Weg nach Dumbo, dann lief Amanda hin und zurück über die Manhattan Bridge, ihre Lieblingsbrücke. Auf dem Rückweg überlegte sie noch einen Abstecher über die Williamsburg Bridge zu machen.

„Aber dann dachte ich mir, scheiß drauf, ich laufe nach Hause. So bin ich. Ich laufe nicht so weit wie ich kann, ich laufe so weit, wie ich will."

Amanda hat sich gedehnt, geduscht und die Suppe mit dem Stabmixer püriert. Nun streut sie ein bisschen Salz hinein.

„Wenn ich mir aufgetan habe, kriegt sie noch etwas Liebe", sagt sie und füllt die Suppe in einen tiefen Teller. Aus der hintersten Ecke des oberen rechten Küchenschranks fischt Amanda eine 750 Gramm-Dose Hefeflocken mit Nussgeschmack hervor. Angereichert mit Vitaminen, ungesüßt und GMO-frei. Sie streut welche davon auf die Suppe.

„Das ist gesund", sagt sie.

„Und gibt Fülle. Die meisten Amerikaner hätten keinen Plan, was Hefeflocken sind. Außer sie sind so Hippie-Veganer. Oder ich."

„Manche Leute sagen, es erinnere sie an geriebenen Parmesan. Mit etwas gutem Willen."

„Es schmeckt auch ziemlich gut auf Popcorn. Aus dem Grund habe ich es ursprünglich mal gekauft." Amanda salzt und pfeffert die Suppe, schließlich streut sie noch die gerösteten Kürbiskerne darüber. Sie rührt etwas um, bevor sie ihren ersten Löffel probiert. Es braucht drei davon, bis sie zu einem Fazit kommt.

„Schmeckt nicht nach sonderlich viel." Die Suppe ist ihr zu lasch. Hühnerfett hätte geholfen, aber Amanda ist Vegetarierin. Butter hätte auch etwas bewirken können. Oder Sahne. Es ist noch nicht zu spät, Sahne einzurühren.

Es ist halb fünf, und nach eigenem Ermessen hat Amanda heute arbeitstechnisch nichts geschafft. Um halb sieben trifft sie sich mit ein paar Freunden auf ein Feierabendbier. Ryan kommt bestimmt später dazu. Amanda isst still ihre Suppe, stellt den Teller in die Spüle und setzt sich rüber an den Schreibtisch.

„*Let's get fucking started*", kommt es von dort.

WOK AUF DIE SCHNELLE

Schwarzer Reis

Tofu

Mohrrüben

Brokkoli

Kohl

Grüne Paprika

Orangene Paprika

Olivenöl

Soße:

1 TL Essig

1 TL Senf

1 TL Zitronensaft

1 TL Soyasauce

1 TL Chilisauce

Es ist Dienstagabend, und Amanda ist gerade nach einer ungewöhnlich langwierigen Fahrt mit den Öffentlichen von der City Tech nach Hause gekommen.

„Heute ist irgendein jüdischer Feiertag, die Busse haben ewig gebraucht." Sie nimmt eine Dose mit schwarzem Reis aus dem Gefrierfach. Schwarzer Reis hat viele Nährstoffe und einen nussigen Geschmack, der in diesem Fall aber nicht ausschlaggebend ist. Ausschlaggebend ist, dass der schwarze Reis schon gekocht ist, und daher nur aufgewärmt werden muss. Amanda ist müde und hungrig.

„Ich mache ein schnelles Wokgericht. Tofu und Gemüse", sagt sie. Im Kühlschrank findet sie Mohrrüben, Paprikas, Brokkoli, Kohl und Champignons. Sie ist sich nicht ganz sicher, ob das mit den Champignons eine gute Idee ist. Sie trocknet den Tofu, indem sie ihn auf einen Teller legt und obendrauf einen anderen, schwereren Teller platziert, so dass die Flüssigkeit langsam rausgepresst wird. Sie schneidet zwei Mohrrüben in drei-Zentimeter lange Stücke. Das Obere der beiden Paprikas schneidet sie ab und wirft es weg.

„Normalerweise würde ich das natürlich einfrieren", sagt Amanda. „Aber sie haben bereits begonnen zu schimmeln. Das meiste hier ist von letzter Woche."

Früher am Tag hatte Amanda mit Erika zu Mittag gegessen. Das machen sie jeden Dienstag. Sie trafen sich um 13:00 Uhr vor *Murray's Bagels* an der Ecke 6. Avenue und 13th. Street und bestellten, ohne Ausnahme, das Gleiche wie letzten Dienstag.

Eine große Linsensuppe und einen Vollkorn-Bagel mit Multi-Körnern für fünfeinhalb Dollar. Erika hatte ihrer Freundin Julie gesagt, dass sie sie liebt. Julie hatte es erwidert. Amanda war überrascht.

„Vielleicht war es noch einen Tick zu früh dafür", sagt sie.

„Ich weiß es nicht."

„Ich weiß nicht, wann man so etwas am besten sagen sollte."

„Sie sind seit Juli zusammen. Seit letztem Monat exklusiv. Nicht, dass Erika davor mit anderen gevögelt hätte. Und sie labert immerzu los, wie fantastisch Julie doch ist."

Amanda spritzt Olivenöl in den Wok.

„Ich mache mir nur Sorgen… beziehungsweise nicht unbedingt Sorgen, aber es ist nun mal so, dass Erika in zwei Monaten ihre Doktorarbeit verteidigen muss." Im Laufe des nächsten Jahres hat sie also sicher einen Job gefunden und wird wegziehen. Julie dagegen ist gerade erst nach New York gezogen und hat eine eigene Praxis aufgemacht."

„Ich weiß es nicht."

„Um sich Sorgen zu machen, ist es wahrscheinlich noch viel zu früh."

Amanda erinnert sich noch deutlich an das erste Mal, als sie einem Jungen gestanden hatte, dass sie in ihn verliebt ist. Das war im Gymnasium, er hieß Brad und war ihr erster fester Freund. Er war auch der erste Typ, mit dem sie ins Bett ging. Tatsächlich kann sie sich nicht so genau daran erinnern, wo oder wann sie ihm gesagt hat, dass sie ihn liebt, aber dass sie es gesagt hat, weiß sie mit Sicherheit.

Die erste Zutat für den Wok ist der Tofu. Die Garzeit bestimmt die Reihenfolge: Nach dem Tofu kommen die Mohrrüben, dann der Brokkoli, Kohl und zum Schluss die Paprika. Amanda hat die Champignons weggelassen.

Sie bereitet eine Soße zu, die sie „superschnelle Soße" nennt. Sie besteht aus Essig, Senf, Zitronensaft, Soja- und Chilisauce. Ungefähr ein Esslöffel von allem.

„Alternativ kann man es auch messen, indem man beim Gießen die Sekunden zählt", schlägt Amanda vor.

„Mal davon abgesehen, dass sich das im Verhältnis zur Größe der Flaschenöffnung verändert", fügt sie hinzu. Es ist Viertel nach zehn, für Amanda ein unerhörter Zeitpunkt zum Kochen, da sie werktags normalerweise zwischen neun und halb zehn ins Bett geht. Sie zuckt mit den Schultern.

„Es geht nicht so sehr um den Geschmack. Es geht darum, dass ich gerade am Verhungern bin. Sonderlich lecker wird es nicht."

Es ist drei Tage her, dass sie Ryan das letzte Mal gesehen hat. Sie hatte damit gerechnet, dass er sie fragen würde, ob sie Lust hätte, heute Abend mit ihm abzuhängen, hatte er aber nicht.

„Was gut ist", sagt sie. „Ich hätte ohnehin nein gesagt. Ich hatte nur keine Lust, ihn abblitzen zu lassen, bevor er fragt."

„Tatsächlich hatte er gefragt, ob wir uns morgen treffen wollen. Oder Donnerstag, oder am Wochenende. Alles okay also."

„Es nicht so, dass ich keine Lust habe, mich mit ihm zu treffen.

Und es ist mehr Zeit als üblich vergangen, seitdem wir uns das letzte Mal gesehen haben, aber ich muss mit meiner Arbeit vorankommen, und ich muss aufhören jeden Tag zu trinken."

„Nicht, dass wir nicht auch ohne Alkohol zusammen abhängen könnten. Aber es läuft doch fast jedes Mal darauf hinaus."

Das Essen im Wok ist fertig. Die Zubereitung hat insgesamt weniger als eine halbe Stunde gedauert. Amanda füllt ihren Teller mit Essen.

„Jetzt muss ich Mails an meine Studierenden schicken", sagt sie und seufzt.

„Und dann schlafe ich 1000 Stunden".

KOHL UND GRAUPEN

Graupen

Linsen

2 Zwiebeln

1 Mohrrübe

Kohl

Apfelessig

Currypulver

Cayennepfeffer

Geräuchertes Paprikapulver

Kreuzkümmel

Es ist spät, und schon wieder muss eine schnelle Lösung her. Amanda hat Graupen und Linsen in der Gefriertruhe gefunden. Zusammen werden sie die Basis für ihr Abendessen bilden. Außerdem kommen noch Zwiebeln, Kohl und die Mohrrüben hinzu. Die Mohrrübe schält Amanda nicht.

„Ich kapiere nicht, warum manche Leute Mohrrüben schälen", sagt sie. „Ich schäle gar nichts. Mohrrüben, Kartoffeln, nichts."

„Ich bin faul. Und die Schale ist gesund. Polyacetylen tötet angeblich Krebszellen." Die Bratpfanne ist warm, als Amanda einen ordentlichen Schuss Apfelessig hinein kippt. Einige Sekunden zischt und spritzt es. Sie streut Curry dazu. Dann Cayennepfeffer. Dann geräuchertes Paprikapulver.

„Besser wird es wohl nicht."

„Nein, Kreuzkümmel! Immer Kreuzkümmel."

„Das ist mega lecker. In richtiges indisches Essen gehört Kreuzkümmel." Die Zwiebel- und Mohrrübenreste legt Amanda in die Restedose. Sie brät die Zwiebeln, die Mohrrübe und den Kohl, in dieser Reihenfolge.

„Wahrscheinlich mögen die Wenigsten Kohl so sehr wie ich", sagt Amanda.

„Ich bin geradezu abhängig von dem Zeug. Kohl ist mein Lieblingsgemüse. Am liebsten schmore ich ihn und gebe ihn dann zusammen mit Mohrrüben, Zwiebeln und einem Schuss Wasser in einen gusseisernen Topf, worauf ich das Ganze für drei Stunden im Ofen backen lasse, bis es weich und süß ist, und die Zwiebeln karamellisieren. Besser geht es nicht."

Heute Abend reicht es dafür leider nicht ganz. Es ist zwanzig Minuten nach neun, Amanda ist seit sechs Uhr wach, und morgen früh muss sie unterrichten. Sie nimmt die Pfanne vom Gas und spritzt etwas Wasser hinein. Der Kohl war bereits etwas angebrannt.

„Außerdem sorgt das Wasser dafür, dass das Gemüse schneller gar wird, und wir würden hier ja gerne fertig werden."

Ihre Stunde morgen ist an der Parson's. Die Schüler sollten einen von Amandas Lieblingstexten lesen, ein Kapitel aus *More Work for Mother*.

„Witziger geht's nicht", sagt Amanda. Das Buch handelt von modernen Frauen. Es beschreibt, wie und warum sie genauso viel Zeit mit der Hausarbeit verbinden wie ihre Vorfahren in der Kolonialzeit. Der Herd ist ein Teil der Erklärung. Zu Beginn des 19. Jahrhunderts kochten Frauen über offenem Feuer. Ein paar Generationen später, in den 1870ern, hatten die meisten einen gusseisernen Herd bekommen. Dieser war weitaus effektiver. Um ihn aufzuheizen, benötigte man nur halb so viel Feuerholz, was bedeutete, dass man nur halb so viel Arbeit auf das Bäumefällen, Schleppen und Holzhacken verwenden musste. Klassischerweise waren die Männer und Jungs dafür zuständig. Der Arbeitsumfang der Frauen wuchs hingegen. Der neue Herd ermöglichte das Kochen von Kartoffeln, während nebenan eine Suppe köchelte und der Apfelkuchen darunter im Ofen buk. Die Erwartungen an eine Mahlzeit veränderten sich mit den Möglichkeiten. Es war Schluss mit

Eintöpfen als Standardgericht. Die Menschen begannen variierter zu essen, dementsprechend wurde das Kochen komplex.

Ähnlich verhielt es sich mit industriell hergestelltem Weizenmehl. Männer mussten sich nicht mehr mit dem Säen, Ernten und Bearbeiten von Korn abmühen, außerdem war es war nicht mehr sonderlich anerkannt schnelles, unge-säuertes Brot zu backen. Das war fortan nur noch etwas für die Unterschicht. Nur die Schwarzen, Native Americans und Iren aßen derartiges. Von ordentlichen Frauen wurde erwartet, dass sie große, schöne Sauerteigbrote aus Weizenmehl backten, und bald darauf auch Kuchen und anderes aufwendiges Backwerk. Und mit der Wäsche wurde es auch nicht besser. Als kaufbare Klamotten aus waschbarer Baumwolle die selbstgenähten und -gewebten Kleider ersetzten, blieb den Frauen nichts anderes übrig, als jede Woche am Waschbrett zu stehen. Die Männer mussten nun zwar nicht mehr die Leinsamen, aus denen man einst die verschiedenen Stoffe hergestellt hatte, säen, ernten und malen, dafür mussten sie nun losziehen und sich eine Arbeit suchen, die die neuen Verbrauchsgüter finanzierten.

„Das ist super", sagt Amanda. „Simpel, aber trotzdem muss man eine Weile darüber nachdenken."

„Das ist eine gute Methode um Leute dazu zu bringen, den Fortschritt zu hinterfragen, den die Technologie mit sich bringt. Leute denken nicht darüber nach, wie sie das Leben von Frauen in die Privatsphäre isolierte, während Männer in den öffentlichen Raum geschubst wurden. So ist es auch heute noch, selbst in gleichgestellten Beziehungen mit Kindern, in denen beide Partner Vollzeit arbeiten, leisten Frauen den Großteil der Hausarbeit, weil es in der Auffassung vieler immer noch Frauensache ist. Dies ist die Konsequenz aus einem technologischen, ökonomischen sowie sozialhistorischen Moment."

Amanda öffnet die Mikrowelle und zerbröselt die halb aufgetauten Klumpen aus Graupen und Linsen mit den Fingern, bevor sie weiter erwärmt werden.

„Das spricht gegen die gängige Vorstellung, dass technologischer Fortschritt automatisch sozialen Fortschritt bedeutet", sagt sie. Nicht, dass Amanda allgemein ein Gegner des technologischen Fortschritts oder neuer Erfindungen wäre.

„Ich mag es bloß nicht, wenn Technologie die Menschen nicht zusammenbringt, sondern distanziert.

Amanda rührt in der Pfanne. Der Kohl ist noch nicht weich genug.

„Genauso wie alte Menschen und Computer", sagt sie.

„Oder das Handy. Die ganze Stadt vs. Land-Aufteilung."

Wenn die Familie Wilson an Weihnachten zusammenkommt, ist es nichts Außergewöhnliches, wenn man Amanda und ihren kleinen Bruder draußen im Garten sieht, wie sie mit dem Handy in der Hand rumlaufen und nach Empfang suchen. In den 80ern, als sie Kinder waren, teilten sie sich einen Festnetzanschluss mit den fünf Kilometer entfernt wohnenden Nachbarn.

„Heute können sie immer noch kein Kabelfernsehen empfangen", sagt Amanda.

„Sie haben noch dieses Einwahl-Internet."

„Ganz ehrlich, was soll man den mit Einwahl-Internet machen? Ich kann tatsächlich nicht mal meine Mails checken. Wenn ich versuche eine einzige scheiß Homepage zu laden, könnte ich vor Wut die Katze erwürgen. Und ich mag Katzen."

Der Kohl ist immer noch nicht ganz fertig, aber Amanda ist fertig mit warten. Sie hat jetzt Hunger. Es ist zwanzig vor zehn. Sie nimmt ihren Teller mit ins Wohnzimmer, setzt sich aufs Sofa und macht den Fernseher an, um das Duell der beiden Vizepräsidentschafts-Kandidaten Joe Biden und Paul Ryan zu sehen. Geht Amanda Wählen? Ja, tut sie.

„In erster Linie, weil ich es mag zu wählen. Man darf auf den Knopf drücken und am großen Hebel drehen."

„Und es ist witzig zu sehen, wer alles wählen geht und die anderen Menschen des Viertels zu beobachten. Die ganze Handlung hat etwas stolzes an sich. ‚Hey, seht mich an, ich gehe Wählen, ich bin ein aktiver Teil der Demokratie, der ohnehin keinen Einfluss hat'." Amanda hat neulich einen Artikel im *Harper's Magazine* gelesen. Sie ist Abonnentin. Die Überschrift lautete: „Warum deine Stimme nicht zählt".

„Eine einzige große Lüge, unsere Demokratie", sagt Amanda. Sie isst ihren Kohl.

„Er hätte noch etwas länger braten können", sagt sie. Dann lächelt sie.

„Ich liebe Joe Biden", sagt Amanda.

„Ich liebe es, wie wütend er wird."

TOFURKEY-
SANDWICH

Brot

4 dünne Scheiben Tofurkey

Grüne Tomaten

Gebackene rote Paprika

Dijon-Senf

Amanda kommt gerade von einer zehn Kilometer langen Laufrunde zurück. Eigentlich wäre sie gerne noch länger gelaufen, aber dann hatte sie das Gefühl, dass es gleich regnen würde. Tat es aber nicht. Macht nichts, beschließt Amanda, weil sie noch eine Handvoll Bewerbungen schreiben muss, bevor sie sich um halb vier mit ihrer Freundin Caitlin zum Kaffeetrinken trifft. Glücklicherweise konnte Amanda Caitlin dazu überreden, sich direkt um die Ecke im Café Grumpy zu treffen.

„Dazu brauchte es auch nur fünfzehn SMS."

„Ich weiß nicht, warum sie mich so verrückt macht."

Die zehn Kilometer in Amandas Beinen verlangen nach einem Sandwich. Sie schneidet die letzten paar Scheiben von dem Brot, das sie letzte Woche im Brotbackautomat gebacken hatte. Es ist etwas trocken und muss daher eine Runde in den Toaster.

„Es wundert mich, dass es nicht schimmelt", sagt Amanda. Sie untersucht das Innere des Kühlschranks und findet einen kleinen Behälter mit einem schwer identifizierbaren orangenen Inhalt.

„Gebackene rote Paprikas, warum nicht? Die sind ungefähr so alt wie das Brot." Die Paprikas haben keine Haut mehr und das Fruchtfleisch ist weich und süß. Zusammen mit den grünen Tomaten und vier hauchdünnen Scheiben Tofurky kommen sie auf das Brot. Dazu gehört noch Dijon-Senf, aber nur auf die obere Scheibe.

„Das ist entscheidend", sagt Amanda.

Sie freut sich nicht wirklich auf das Kaffeetrinken mit Caitlin. Sie sind seit der Einführungswoche an der Uni vor acht Jahren befreundet. Caitlin hat die Uni-Welt verlassen, um als Producerin bei *MTV* in Los Angeles zu arbeiten, wo sie zusammen mit ihrem Freund Gil lebt.

„Sie hasst Glück", sagt Amanda.

„Ihr eigenes sowie das anderer."

„Das einzige, was sie interessiert, ist der Schmerz anderer Leute."

„Und überhaupt, wer hat Bock immer über ihren porno-süchtigen Freund zu reden?"

Vor ein paar Monaten schaute sich Caitlin heimlich den Browserverlauf auf Gils Computer an und entdeckte nicht wenige Homepages mit starkem erotischem Charakter. Er hat daraufhin versprochen nie wieder Pornos zu gucken, und sein Computer war seitdem auch sauber, aber anhand seiner Kontoauszüge konnte Caitlin sehen, dass er immer noch Geld für Video-Chats mit Stripperninnen ausgab.

Sie hat ihm ein Ultimatum gestellt: Entweder er stellt sich einem Lügendetektortest oder sie macht Schluss. Angesichts der Probleme die Caitlin hat, könnte man meinen, dass Amanda sich mit ihrem eigenen Liebesleben besser fühlen würde. Das ist allerdings nicht der Fall.

„Ich werde schon vom Zuhören total depri und kapiere nicht, warum sie sich das alles antut."

„Eigentlich mag ich sie ja."

Das Tofurkey-Sandwich ist fertig, aber Amanda isst stattdessen einen Apfel.

„Nach dem Laufen bevorzuge ich es, erst Obst zu essen", sagt sie. Ihre Wangen leuchten rosa und ihr Haar ist nass vom Duschen. Letztes Wochenende bekam sie von ihrem alten Studienfreund Alvin eine große Tüte mit Äpfeln. Er hatte ein Jahr später als Amanda mit seiner Dissertation angefangen, wurde aber bereits im Frühling mit seinem Ph.D. fertig und erhielt sofort eine feste Stelle an der öffentlichen Universität in Fitchburg, Massachusetts, wo er mit seiner Freundin Esma in einem Haus draußen im Wald wohnt, das von Apfelplantagen umgeben ist. Letzten Freitag war er wegen einer Gastvorlesung in der Stadt. Amanda hatte ihm geschrieben und gefragt, ob er ihr nicht eine Tüte mit Äpfeln mitbringen könne. Je ein drittel Macoun, Jonagold und Honeycrisp. Schnell bereute Amanda ihre Bestellung. Sie hätte ausschließlich nach Macoun fragen sollen. Die sind schön knackig beim Reinbeißen und haben genau den richtigen bittersüßen Geschmack. Sie hat schon längst alle aufgegessen. Der Apfel in ihren Händen ist ein Jonagold.

„Jonagold ist nicht schlecht.", sagt sie.

„Aber es ist nicht Macoun." Das Sandwich muss noch etwas warten.

„Gleich sind die da dran", sagt sie und zeigt auf eine Schüssel mit Weintrauben.

Amanda freut sich für Alvin. Kurz nachdem man mit seinem Ph.D fertig ist einen guten Job zu ergattern, ist gar nicht so leicht. Amanda hat fünf Stellen gefunden, auf die sie sich heute rein theoretisch bewerben könnte. Die meisten davon liegen jedoch, wie sie es nennt, in der Kategorie Wunschdenken.

„Eine ist an der University of Pennsylvania, am Center für Wissenschaftsforschung. Die Uni ist ziemlich renommiert, aber die Stelle ist inhaltlich nah an meinem Forschungsgebiet, deshalb denke ich, ich sollte mich bewerben."

„Idaho State klingt auch ganz spannend. Es geht um amerikanische digitale Geschichte, aber ich bin mir nicht sicher, weil es am Institut für Geschichte wäre "

„Dann ist da noch die University of Connecticut, aber die suchen jemanden, der sich mit reiner Theorie beschäftigt, das ist ziemlich vage formuliert und daher eher unwahrscheinlich, dass ich die Stelle bekomme." Amanda isst ihr Sandwich. Sie guckt aus dem Fenster.

„Ich tendiere eher in Richtung Postdoc. Das ist wahrscheinlicher als einen Job zu kriegen."

Heute Morgen erhielt sie eine Mail eines Verlags aus Großbritannien. Die hatten ihren neuesten Artikel gelesen, *„Data Eye in the Sky: Satellite Imagery as Neoliberal Optic"*, und baten sie, ihnen eine Zusammenfassung zu schicken, wenn sie sich vorstellen könne, ihre Abhandlung als Buch umzuschreiben. Amanda hatte sich den Verlag etwas genauer angeschaut, war jedoch nicht beeindruckt. Kommerziell und ohne Peer-Review.

„Aber es ist ja immer nett, Aufmerksamkeit zu bekommen. Zu wissen, dass jemand einen will." Sie schenkt sich ein Glas Wasser ein und nimmt einen Schluck. Ryan hat gefragt, ob sie Lust habe, sich heute Abend mit ihm zu treffen. Sie hat nicht geantwortet.

„Ich mag ihn", sagt sie.

„Ich mag ihn jetzt mehr als vorher."

„Ohne genau zu wissen warum."

„Ich habe Angst, dass es nur an der Aufmerksamkeit liegt. Die ganze Zeit plant und macht er alles mögliche. Im Gegensatz zu Josh."

Gestern Abend gab Ryan eine Dinner Party für ein paar seiner engsten Freunde. Amanda war dabei, und obwohl es sich nicht vermeiden ließ, eine Dreiviertelstunde mit Jacob über Pornos zu diskutieren, war es ein guter Abend gewesen.

„Seine Freunde sind wirklich lieb. Und es tut gut, eine Ablenkung von der Dissertation, der Arbeit, Josh und der ganzen Scheiße zu haben."

„Er sagte, ich sei vorurteilsvoll", sagt Amanda und lacht. „ER nannte MICH vorurteilsvoll." Jacob hatte ihr zwei Tickets für die *Pub(l)ic Disgraze*-Aufnahmen nächste Woche gegeben.

„Ich bekam beinahe Lust mitzugehen."

„Vorurteilsvoll ..."

„Ich und vorurteilsvoll – am Arsch... "

„Das Problem ist bloß, dass ich recht habe."

Als der Abend sich dem Ende neigte, machte Ryan ein Geständnis.

„Das war tatsächlich ganz interessant", sagt Amanda.

„Er sagte, die Tatsache, dass er so eifrig und offen sei, hinge zum Teil mit meiner Skepsis zusammen. Denn wenn ich einfach so ja, geil, *let's go*-mäßig drauf wäre, würde er wohl anfangen zu zögern."

Es kann natürlich auch sein, dass er das einfach nur sagt, um die Machtbalance wieder herzustellen." Ryan ist Maler mit eigenem Atelier in Midtown. Er unterrichtet Kunststudierende auf der Pratt und ist, wie Amanda, auf der Suche nach einem Vollzeitjob, wo auch immer einer angeboten wird.

„Vielleicht könnte er eine Arbeit kriegen, einen Hof kaufen, und dann würde ich mit einziehen und Hausfrau werden." Amanda isst das letzte Stück von ihrem Sandwich und spült es mit Wasser runter.

„Jetzt sollte ich wohl eine Tasse Kaffee trinken", sagt sie.

„Einen Warm-up-Kaffee vor dem Kaffee mit Caitlin."

Sie schenkt sich eine Tasse aus der Morgenkanne ein und stellt sie in die Mikrowelle.

GEBRATENE GRÜNE TOMATEN UND APFELMUS

Gebratene grüne Tomaten:

Grüne Tomaten

Salz und Pfeffer

Knoblauchpulver

Apfelmus:

7 Äpfel

Zitronensaft

150 ml Wasser

1 EL Zimt

Muskatnuss, eine Prise

1 TL Nelken

Ein paar Tropfen Bitter

Um 9:41 Uhr am Mittwochmorgen steigt Amanda aus ihrem Bett, in dem sie bis jetzt gesessen und Klausuren korrigiert hatte. Früher am Morgen hatte sie bereits einen Espresso getrunken, aber weiter als Schlafanzughose, Unterhemd und Flip Flops ist sie danach nicht gekommen. Sie öffnet den Kühlschrank und holt eine große Schüssel mit grünen Tomaten heraus.

„Diese Tomaten hier müssen wir los werden, also kommen sie eine Runde in den Ofen." Amanda verteilt die Tomaten gleichmäßig auf einem Backblech mit Alufolie. Die großen wurden halbiert, die kleinen, die nicht größer sind als ein Daumen, bleiben ganz. Salz, Pfeffer und Knoblauchpulver werden in moderaten Mengen über die Tomaten gestreut und der Ofen auf 150 Grad gestellt.

„Der Trick ist es, sie lange und bei niedriger Hitze zu backen, dann werden sie richtig süß", sagt Amanda.

„Aber wenn du unter 150 Grad gehst, passiert fast nichts. Es würde dann wahrscheinlich fünf Stunden dauern, was etwas übertrieben wäre."

Sie holt eine Handvoll Jonagold unten aus dem Kühlschrank. Mittlerweile liegen sie dort schon eine ganze Weile und werden langsam schrumpelig. Amanda hat sich dazu entschieden, Apfelmus aus ihnen zu machen.

„Ich habe das noch nie gemacht, deshalb weiß ich nicht genau, was ich eigentlich mache. Das hier ist kein Kochen gegen Hunger. Das hier ist Kochen als Übersprungshandlung."

„Aus halb vergammelten Jonagold Apfelmus machen, steht

eigentlich nicht ganz oben auf meiner Liste."

„Aber ich hasse es wirklich von ganzem Herzen, Klausuren zu korrigieren."

„Sie schreiben alle das Gleiche. Es gibt keine originellen Analysen. Außerdem hasse ich es, Essen wegzuschmeißen, also…"

Als Kind wurde Amanda von ihren Eltern aufgefordert aufzu-essen. Aber nicht so, dass sie von ihnen gezwungen wurde, alles zu essen, was auf ihrem Teller lag, wenn sie nicht wollte. Das einzige, was sie und ihre Brüder nicht übrig lassen durften, war Milch. Sie mussten immer ihr Glas Milch austrinken, ehe sie aufstehen durften.

„Ich habe den Eindruck, dass es nicht ganz normal ist, zu jeder Mahlzeit ein Glas Milch zu trinken", sagt Amanda.

„Aber so macht man es im Mittleren Westen."

Sie fischt die Dose mit den aufbewahrten Gemüseabfällen aus dem Gefrierfach, kippt den Inhalt in einen Topf und bedeckt alles mit Wasser. Zeit, Gemüsebrühe zu machen. Vom Gewürzregal nimmt sie das Selleriesalz. Sie hat erst ein wenig aus der Packung geschüttet, da bereut sie es schon.

„Ich hätte lieber Selleriesamen benutzen sollen." Amanda streut Selleriesamen in den Topf.

„Ich mag den Geschmack von Sellerie nicht", sagt sie.

„Aber in Brühe funktioniert er gut. Auf irgendeine Art, lässt er die anderen Geschmacksnuancen hervortreten." Sie gibt ein paar Lorbeerblätter dazu, schwarzen Pfeffer aus der Mühle, eine gute Portion Zwiebelpulver und ein paar Koriandersamen.

„Jetzt kann man alles Mögliche dazu schmeißen."

Amanda ist sparsam, und sie schämt sich nicht, es zuzugeben. Sie geht mitten in der Nacht locker fünf Kilometer bei miesem Wetter und in fragwürdigem Zustand von einer Bar nach Hause, anstatt Geld für ein Taxi auszugeben. Dennoch gibt es zwei Situationen, in denen ihr Portemonnaie in der Regel etwas lockerer sitzt. Die eine ist, wenn es darum geht, Trinkgeld zu geben. Wenn sie in einem Restaurant Essen war und die Rechnung kommt, gibt sie ohne Ausnahme zwanzig Prozent. Mindestens.

„Es ist doch allgemein bekannt, dass reiche Leute wenig Trinkgeld geben, während arme mehr geben", sagt Amanda. Sie ist gerade dabei, die Kerngehäuse der Äpfel zu entfernen.

„Das hat so etwas klassengesellschaftsmäßiges an sich. Reiche Leute haben oft die Erwartung, dass andere Menschen sie bedienen, während arme mit ihnen sympathisieren."

„Nicht, dass ich arm wäre." In diesem Wintersemester unterrichtet Amanda vier unterschiedliche Kurse für 2.600 Dollar pro Semester, was zusammengerechnet einem Jahresgehalt von 20.000 Dollar entspricht. Das ist fast das Doppelte der nationalen Armutsgrenze von 11.000 Dollar. Hinzu kommt das, was Amanda als kulturelles Kapital bezeichnet.

„Erst gestern habe ich mir bei der City Bakery eine super fancy Tasse warme Schokolade mit selbstgemachten Marshmallows gegönnt. Man hätte die Schokolade fast mit einem Messer schneiden können."

„Das war so dekadent."

„Und so lecker."

„Ryan sagt, dass sie warme Schokolade in Italien genauso machen. Er hat in Italien gelebt." Natürlich hatte Amanda ein ordentliches Trinkgeld gegeben.

„Ich fühle mich einfach generell schlecht, wenn ich bedient werde", sagt sie.

„Und außerdem ist Trinkgeld kein Teil des Umsatzes des Restaurants, es geht direkt an die Person, die mich tatsächlich bedient hat. Ich kenne viele, die in der Gastronomie arbeiten, und die haben alle einen Scheißjob."

„Selbstverständlich ist das alles relativ, weil ihr Chef sich dazu entscheiden könnte, einen niedrigeren Stundenlohn zu bezahlen, wenn er weiß, dass sie viel Trinkgeld bekommen." Amanda hat das letzte Kerngehäuse entfernt.

„Es hat ein gewisses Performativität an sich. Es ist peinlich, kein gutes Trinkgeld zu geben. Leute urteilen sofort über deinen Charakter, politisch wie moralisch, nur anhand dieser einen Handlung."

„Wahrscheinlich denke ich auch etwas zu viel darüber nach."

Nachdem sie die entkernten Äpfel in Viertel geschnitten hat, legt Amanda sie in einen 8-Liter-Suppentopf.

„Ich habe sie bewusst nicht geschält, weil ich vermute, dass dies in der Apfelmus-Szene strengstens verboten ist", sagt sie.

„Eine Szene, für die ich sowieso nicht den größten Respekt aufbringen kann."

Sie halbiert eine vertrocknete Zitrone und quetscht jeden einzelnen Tropfen in den Topf. Dann schüttet sie noch 150 ml Wasser dazu.

„Und eine ordentliche Ladung Zimt, dann wird ein Schuh draus", sagt sie. Letztendlich läuft es auf einen gehäuften Esslöffel hinaus.

Amanda durchsucht das Gewürzregal.

„Was könnten wir sonst noch rein tun?"

„Muskatnuss?" Eine Prise.

„Uh, Nelken! Das könnte gut werden. Ich bin immer auf der Suche nach einer Gelegenheit, Nelken zu verwenden." Sie gibt einen Teelöffel hinzu. Rührt um. Stoppt.

„Das war wirklich dumm."

„Jetzt muss ich jede einzelne Nelke mit den Fingern herauspicken, bevor ich es mixe.

„Geht schon."

Amanda öffnet den Ofen, um nach den Tomaten zu schauen. Die sind noch lange nicht fertig. Sie nimmt eine Flasche Bitter vom Alkoholregal über dem Kühlschrank, und schüttelt ein paar Tropfen zu den Äpfeln.

Es gibt noch eine andere Situation, in der Amanda die Spendierhosen an hat: Dann, wenn sie mit Freunden feiern geht. Sie hört nicht auf, Runden für andere auszugeben.

„Ich fände es schön, wenn ich meinen Freunden mehr Sachen schenken könnte", sagt sie.

„Bestimmte Leute waren mir gegenüber so großzügig, haben mir alles Mögliche geschenkt, sowie meine Cousins diesen Sommer. Aber die sind schließlich richtige Erwachsene."

„Ich liebe es, Leuten etwas zu kaufen. Einfach so: ‚Lass uns rausgehen, mittagessen, ich lade dich ein!' Solche Sachen würde ich zu gern machen können. Ganz unbekümmert. Doch leider ist das nicht ganz realistisch."

Nichts desto trotz wird es immer dann in Taten umgesetzt, wenn Amanda in einer Bar ist.

„Ich möchte, dass sich alle betrinken, und ich möchte, dass der Abend für immer weitergeht."

„Und wie kann ich das anstellen?"

„Indem ich die Leute dazu zwinge."

„Die Macht des Schenkens. Selbst wenn ich großzügig bin, bin ich egoistisch. Marcel Mauss würde nichts für mich übrig haben."

Amanda entdeckt auf dem Küchentisch eine Schüssel mit Walnüssen.

„Uh, Walnüsse könnten funktionieren."

„Aber das wird nichts." Sie würde die Walnüsse sowohl würzen als auch rösten müssen, bevor sie ein Teil des Gerichts werden könnten, und darauf hat sie jetzt keine Lust.

„Leuten, die nicht trinken, vertraue ich außerdem nicht", sagt Amanda.

„Denn… warum hassen sie es, Spaß zu haben?"

Amanda hat 5.000 Dollar auf ihrem Sparkonto. Sie sagt nie nein zu Arbeit. Sie unterrichtet mehr als alle, die sie kennt. Das ist der Angst geschuldet, eines Tages ohne eine Arbeit dazustehen oder nicht mehr in der Lage zu sein, so viel arbeiten zu können. Dann lieber den Einsatz maximieren solange sie es kann. Es ist nicht ungewöhnlich, dass sie sich ein Semester mit Kursen voll packt und dies damit begründet, dass es ihr ermögliche, im nachfolgendem Semester weniger zu unterrichten, damit sie sich endlich auf ihre Doktorarbeit konzentrieren kann. Aber es endet immer damit, dass sie im neuen Semester genauso viel arbeitet wie in dem zuvor, anstatt die Zeit zum Schreiben zu nutzen.

„Ich möchte bloß genügend Geld verdienen, um mich nicht mehr ständig darum sorgen zu müssen", sagt Amanda.

„Die Gedanken ans Geld nehmen zu viel Platz ein. Sobald ich nur nach Manhattan muss, überlege ich schon, ob ich das Fahrrad nehme, um das Geld für die U-Bahn zu sparen."

„Tatsächlich sind es nur vier-fünfzig. Das kann ich mir schon leisten. Aber ich kann es nicht lassen, darüber nachzudenken."

Amanda fängt an, die Nelken aus der Suppe zu fischen.

„Soll ich sie pürieren?"

„Sollte ich wohl, jetzt wo die Schale dran ist."

„Ich kann mir noch nicht wirklich vorstellen, dass hier später zu essen."

„Mit etwas Joghurt könnte es vielleicht okay schmecken. Oder mit Kartoffelpuffern."

„Ich verstehe die Juden ja nicht immer, aber sie machen gute Kartoffelpuffer." Amanda kippt den klumpigen Apfelmus aus dem Topf in den Mixer. Ihr fallen die Tomaten ein, die sie daraufhin schnell aus dem Ofen holt. Sie sind jetzt dunkelgrün und die Haut ist schrumpelig.

„Etwas essbarer als vorher." Die Gemüsebrühe-Mischung hat eineinhalb Stunden gekocht. Amanda holt ein Sieb aus dem Schrank neben dem Kühlschrank hervor. Sie siebt die Brühe in einen Behälter von letzter Woche, als sie eine Take-Away-Suppe gekauft hatte. Der darf dann erstmal zum Abkühlen auf dem Küchentisch stehen – ohne Deckel – ehe er anschließend in die Gefriertruhe kommt.

„Immer wenn Josh und ich in den Urlaub fahren wollten, haben wir es einfach gemacht. Wir musste nie erst noch zusammen-sparen." Vor zwei Jahren, waren sie zu ihrem 30. Geburtstag für eine Woche nach Puerto Rico geflogen.

„Ich habe die Tickets zufällig entdeckt, sie kosteten keine 200 Dollar!" Etwas ähnliches passierte im Jahr danach, als Josh mit dem 30-werden dran war. Da stand Island auf dem Programm.

„Unser Leben war so flexibel."

„Vielleicht hat Josh sich verändert."

Es ist still in der Küche. Amanda dreht am Schalter des Mixers und lässt ihn für zwei Minuten arbeiten. Sie reinigt den Plastikbehälter, in dem die gefrorenem Gemüsereste lagen und befüllt ihn mit dem dünnflüssigen Apfelmus.

„So weit, so gut."

„Ich kann es kaum erwarten, diese Pampe hier zu essen." Sie stellt den Mus in den Kühlschrank und guckt zur Mikrowelle um herauszufinden, wie spät es ist. Es ist elf. Zeit, eine Runde Laufen zu gehen.

DSCHUNGELCURRY UND GRÜNER PAPAYASALAT

Chao Thai, Tlf. 718-424-4999

„Der Kurs war unterirdisch, aber *whatever*", sagt Amanda. Es ist 10:35 Uhr. Sie ist müde, weil sie mit Ryan aus war, und dann bei ihm die Nacht damit verbracht hat, wach zu liegen und sich Sorgen zu machen, nicht genügend Schlaf zu bekommen. Nach einem Besuch bei *Trader Joe's* sind ihre Jutebeutel voll. Sie füllt den Kühlschrank mit Joghurt, Milch und Gemüse. Um Platz für alles zu bekommen, muss umgebaut werden. Auf eine gewisse Art war es ein guter Morgen.

„Ryan hat mich zur Arbeit gefahren, den ganzen Weg nach Manhattan. Er wohnt in Prospect Heights."

„Das war mega nett."

„Ich sagte: ‚Das musst du wirklich nicht'."

„Daraufhin meinte er einfach: ‚Natürlich nicht, aber ich mache es trotzdem'."

Amanda sitzt am Küchentisch und isst die Reste vom gestrigen Thai-Takeaway, ein grüner Papayasalat und Dschungelcurry mit Tofu und grünen Bohnen. Wie das am Tag darauf schmeckt?

„Scharf und mega lecker", sagt Amanda.

EIER- UND SENFSANDWICH

---

1 Pitabrot

2 Eier von freilaufenden Hühnern

Dijon-Senf

Rucola

Amanda hat sich vorgenommen, über das Wochenende 4000 Wörter zu schreiben. Es ist Montag, früher Nachmittag, und ihr fehlen noch 300 Wörter bis zum Ziel. Also 3700 Wörter in drei Tagen.

„Dazu sollte man allerdings erwähnen, dass ein Großteil davon geklaut ist", sagt Amanda.

„Abgeschrieben. Von mir selbst." 2200 Wörter stammen aus einem Artikel, den sie letztes Jahr veröffentlicht hatte.

„Bald habe ich genug für ein Kapitel, und das ist die Hauptsache." Vor einer Woche hatte Amanda mit dem Kapitel begonnen. Sie hatte es begonnen, nachdem sie unzählige Versuche abgebrochen hatte, eines der anderen Kapitel fertig zu stellen.

„Das war übertrieben hart."

„Es geht um die Etablierung des Weltraumes als extraterritoriales Gebiet, okay? Da haben wir all diese Satelliten gebaut, nur um dann festzustellen: Scheiße, jetzt haben wir hier diese Satelliten, die die Erlaubnis haben in der Umlaufbahn zu sein. Ich meine, es gab ja niemanden der Sputnik abgeschossen hat, was bedeutet, dass dieser russische Gegenstand durch den amerikanischen Luftraum fliegt, weswegen es notwendig ist, den sogenannten ‚Weltraum' gegenüber dem normalen ‚Luftraum' abzugrenzen, und als etwas anderes zu definieren. Grundlegend geht es darum, eine Obergrenze für den nationalen Luftraum eines Landes zu bestimmen."

„Aber es geht auch um dieses und jenes – die Ideengeschichte der Technologie, das konkrete Design, das Überfliegen anderer

Länder, wie alles total militarisiert wurde, wie es politisch akzeptabel wurde – und ich habe keinen Plan, wie ich das alles strukturieren soll."

Stattdessen hat Amanda ein Kapitel über die Ausfertigung des sogenannten Weltraum-Traktats geschrieben.

„Sie haben angefangen zwischen militärischen und wissenschaftlichen Satelliten zu unterscheiden. Auf Diskursniveau. Die Unterscheidung war sprachlich, nicht technisch. Ohne es näher zu definieren, galten ‚wissenschaftliche' Satelliten als ‚friedlich' und ‚wichtig für die Menschheit'. Also hat das Weltraum-Traktat eigentlich nur militärisches Patrouillieren und Aufklärung legalisiert." Amanda hat die eine Hand an der Kühlschranktür, während sie mit der anderen Anführungszeichen in die Luft macht.

„Sie nennen es Global Commons, aus irgendeiner Vorstellung heraus, dass der Weltraum mit Blick auf zukünftige Generationen bewahrt werden soll – was einfach nur lächerlich ist. Sie präsentieren es als etwas Edles und Nobles, aber im Grunde dreht sich alles darum, nationalstaatliche Monopole aufzubrechen.

„In den Weltraum zu gelangen ist nicht gerade einfach. Nur zwölf Länder in der Welt können dort hoch!" Amanda öffnet den Kühlschrank und holt zwei Eier heraus. Es ist Zeit für ein Sandwich.

Wenn sie es schafft mit dem Kapitel fertig zu sein, bevor die Woche rum ist, ist es nicht unrealistisch, noch vor Weihnachten die Einleitung geschrieben zu haben.

„Was bedeutet, dass ich mit meiner Dissertation noch Ende Januar fertig sein könnte. Was bedeutet, dass ich fertig werde. Was mich mal so richtig glücklich macht."

„Es wird mich wahrscheinlich auch ziemlich verwirren." Die Eier liegen, von Wasser bedeckt, in einem Topf.

„Um ehrlich zu sein, habe ich hartgekochte Eier noch nie wirklich gemocht." Daher folgt Amanda immer der gleichen Prozedur: Sie dreht die Flamme ganz hoch und legt einen Deckel auf den Topf mit den Eiern. Sobald das Wasser kocht, macht sie die Flamme aus und stellt die Uhr. Sie lässt die Eier für genau acht Minuten bei geschlossenem Deckel im Wasser liegen, danach werden sie unter kaltem Wasser abgeschreckt und sofort gepellt.

„Perfekt", sagt Amanda nachdem sie die Eier halbiert hat und feststellen kann, dass die Dotter dunkelgelb und nahezu flüssig sind. Die Eier sind von freilaufenden Hühnern.

„Wenn es wirklich etwas gibt, bei dem man einen Unterschied schmecken kann, dann sind das Qualitäts- und Discounteier. Billige Eier schmecken nach nichts. Das Eigelb hat überhaupt nicht diesen runden und super leckeren Geschmack."

Amanda erwärmt ein Pitabrot in der Mikrowelle.

„Nur weil es gefroren ist. Weil ich alles einfriere. Weil ich offenbar zur Zeit der Depression aufgewachsen bin." In Chinatown kaufte Amanda einmal zwanzig Limetten im Angebot, presste sie alle aus, schüttete den Saft in eine Eiswürfelform und fror sie ein, damit sie immer Limettensaft hatte.

„Ryan dachte ich lüge, als ich ihm davon erzählte."

„Er findet alles, was ich mache beeindruckend."

„Weil er ein Trottel ist." Amanda nimmt Dijon-Senf und eine Handvoll Rucola aus dem Kühlschrank.

„Immer!" sagt sie.

„Eier und Senf, verdammt genial, habe ich Recht?"

„Besonders wenn man Zelten ist. Ein gekochtes Ei, Senf, Kartoffelchips, zack, fertig: Volltreffer."

Amanda wärmt den Rest der Kürbissuppe auf und streut Hefeflocken und Salz darauf. Bloß, dass aus dem Salzstreuer nichts rauskommt, ganz gleich wie stark Amanda ihn schüttelt. Amanda mag Salz, besonders, wenn sie verkatert ist. Sie ist verkatert. Ryan und seine Freunde waren gestern Abend von einem Ausflug nach Baltimore zurückgekommen, und sie hatte sich mit ihnen im Enid's getroffen.

„Es war so eine lockere Stimmung."

„Da trinkt man schneller."

„Bis man ein Arsch wird."

Amanda hatte Jacob gefragt, ob er in letzter Zeit irgendwelche Frauen angegrabscht hätte. Jacob hatte angestrengt gelächelt und in sein Bier geguckt.

„Ein paar Vergewaltigungen aufgenommen? Selber ein paar Titten geprügelt?", hatte Amanda frech und angetrunken weiter gestichelt.

Um den Tisch herum war es still geworden, bis Ryan Amanda erzählte, dass Jacobs Freundin neulich wegen eines Knotens in der Brust geröntgt worden war. Er stellte sich als Krebs heraus, der bis zu den Lymphknoten hinter dem Schlüsselbein gestreut hatte.

„Ich ging dann erstmal an die Bar und kaufte um die 500 Bier. Als ob das irgendetwas bewirken könnte. Doch das tat es tatsächlich." Bis sie und Ryan zu streiten anfingen, weil sie es nicht mag, wenn sie beide vor anderen Menschen Zärtlichkeiten austauschen.

Der Himmel ist azurblau, eine Brise raschelt in der Magnolie. Amanda hat es sich mit ihrer Suppe, ihrem Sandwich und einem Guinness-Glas voll Wasser gemütlich gemacht. Sie liest im *New Yorker*.

„Okay, was geht, Ahmadinejad wird abgesetzt? Das wusste ich nicht."

„Wer soll dann unseren Präsidenten einen Hurensohn nennen?"

„Wie schade."

„Das war witzig."

KÜRBISLATERNE

1 Kürbis, bio

Messer, klein

An diesem ersten Samstag im November, dem Samstag nach Halloween, hat Erika – in einer Mail, die Amanda zweimal liest, um das Datum nochmal zu überprüfen – „Freunde, Vampire, Werwölfe und Werpanther, sexy Krankenschwestern, Erinnerungsforscher, sexy Bäume usw." zu sich eingeladen, „weil die semiotische Kraft des Kürbisses so enorm ist." Die Feierlichkeiten beginnen um 20 Uhr, genauer gesagt in sechs Stunden, und Amanda ist gerade dabei, einen Kürbis auszuhöhlen und auszuschneiden.

„Wir könnten ein Atom-Symbol für sie machen", sagt Amanda. „Das würde zu ihr passen." Erikas Dissertation, die sie bald verteidigen muss, trägt den Titel *Longing for the Bomb: Atomic Nostalgia in a Post-Nuclear Landscape*. Aber Amanda fühlt sich heute kreativ. Sie hat sich dazu entschieden, ein Gesicht mit Brille und darunter eine Fliege zu schnitzen – Erikas bevorzugtes, wenn nicht einziges Accessoire. Zuerst schneidet Amanda das Obere des Kürbisses ab.

„Ich habe Josh geschrieben, dass er hier Post liegen hat", sagt sie. „Keine Antwort."

„Vielleicht ist er sauer, weil ich ihn neulich im Café nicht begrüßt habe." Letzte Woche kam Josh ins Grumpy, als Amanda mit Caitlin Kaffee trank. Amanda saß genau an der Tür mit dem Gesicht zum Fenster, daher sah sie ihn kommen. Sie war aber leider nicht darauf vorbereitet gewesen, ihn zu treffen, und so entschied sie sich, in ihre Kaffeetasse zu starren, bis er an ihnen vorbei gegangen war. Sie sagte auch dann nichts, als er den Laden wieder verließ.

„Das hat er aber auch nicht getan", sagt Amanda. Was ihr Kaffeetreffen mit Caitlin betraf, so war sie am Ende froh darüber gewesen Caitlin zu sehen. Sie redeten über Gil – und sie redeten über Josh.

„Manchmal ist es nicht genug, dass man sich gegenseitig liebt", sagt Amanda.

In der rechten Hand einen große Löffel, in der Linken, mit festem Griff, den Kürbis, beginnt sie die Kerne rauszuschaufeln. Sie trägt eine Jogginghose, Flip Flops und ein verwaschenes, grünes T-Shirt mit der Aufschrift *Love from California* über der Brust. Sorgfältig höhlt sie den gesamten Innenraum aus.

„Es ist wichtig, jeden einzelnen kleinen Rest Schnodder zu entfernen, weil der schnell schimmelt. Und brandgefährlich ist. Habe ich mir sagen lassen." Es ist zwanzig Jahre her, dass Amanda eine Kürbislaterne gebastelt hat. Sie war zwölf Jahre alt, und ihre Mutter röstete die Kürbiskerne, während Amanda drauf los schnitzte.

„Ich mag meine Eltern heute nicht mehr als Eltern. Aber sie waren gute Eltern für Kinder. Besonders im Vergleich zu vielen anderen Eltern." Ihr Kindheitshaus lag eine halbe Autostunde von Kansas City entfernt, aber viele von Amandas Freunden waren nie in der Stadt gewesen. In den Jahren, in denen ihre Mutter Wochenendschichten bei Walmart hatte, fuhr ihr Vater Amanda und ihre Brüder zu einem Spielplatz mitten in Kansas City.

Dort spielten sie mit Kindern, die nicht weiß waren.

„Sie waren so was wie Hippie-Eltern."

„Man kann wohl sagen, dass wir recht vorurteilsfrei erzogen wurden. Nicht, dass sie jemals herumgelaufen waren und Sachen gesagt hatten wie: ‚Seid nicht rassistisch'. Sie waren es einfach selbst nicht."

Amandas Mutter hatte die Babynahrung selbst gekocht, und abgesehen von LEGO hatten sie keinerlei kommerzielles Spielzeug gehabt, nur Holzklötze und die umliegenden Wälder. Sie waren ständig zum Spielen draußen gewesen. Und während die anderen Mädchen aus Amandas Klasse mit Make-up und in schicken Kleidern Tanzen gegangen waren, war Amanda als stolze Pfadfinderin Mitglied der Organisation *4-H* gewesen, in der sie, zusammen mit dem Rest der Truppe, den Leitspruch *„Head, Hands, Heart, Health"* im Chor gerufen, und Preise für das schönste Kaninchen bei der lokalen Tierschau gewonnen hatte. Ihre Brüder hatten Raketen gebaut.

„Ich finde das ziemlich cool", sagt Amanda.

„Wir hingen mit Tieren ab, bauten Dinge, machten Sachen."

Sie erinnert sich, wie sie sich mal bei ihrem Vater darüber beschwert hatte, dass ihr Auto nicht so schön sei wie die Autos der anderen Familien.

„Nein", hatte er mit seiner tiefen und ruhigen Stimme gesagt, „wir geben unser Geld lieber für etwas anderes aus".

„Zum Beispiel besuchten wir jeden Sommer unsere Großeltern in Kalifornien, und sie forderten uns auf, ein College zu wählen, dass weit von Zuhause entfernt lag, was vielleicht ganz normal klingen mag. Wenn man aber bedenkt, wo wir wohnten, war das ziemlich fortschrittlich."

Es endete damit, dass Amanda nach San Francisco gezogen war und einen Bachelor in englischer Literatur und Soziologie gemacht hatte. Ein paar Wochen vor ihrem Abschluss hatte sie einen Brief an ihre Eltern geschickt, in dem sie sich dafür bedankte, dass sie die Eltern gewesen waren, die sie waren. Sie hatte noch ergänzt, dass sie jetzt mit einem Mädchen zusammen war.

Dort, wo Amanda herkommt, war es undenkbar, offen homosexuell zu sein. Sie erinnert sich an einen Typen im Gymnasium, der lispelte. Ansonsten war er ein ganz normaler Typ, der nicht aus der Menge herausstach, aber weil er lispelte, galt er als schwul. Und weil er als schwul galt, war es ganz normal gewesen, dass man mit Stühlen nach ihm warf. Amanda muss an eine Situation während der Mittagspause in der Kantine in ihrem letzten Jahr auf dem Gymnasium denken. Es hatte sich ein Gerücht über zwei Mädchen aus ihrem Jahrgang verbreitet. Angeblich hätten sie am Wochenende miteinander rumgemacht. Aufgeregtes Tuscheln hatte die Kantine gefüllt. Ein Junge beschmiss die beiden Mädchen mit einer Pommes. Ein anderer machte es ihm nach, und nach weniger als einer Minute mussten die Mädchen aus dem Gebäude flüchten, während mindestens fünfzehn Schüler mit Ketchup auf sie spritzen und ganze Teller mit Essen hinter ihnen her warfen. Damals war es keine Option gewesen, zu seiner Homosexualität zu stehen.

„Das wäre der Tod gewesen", sagt Amanda.

„Im Ernst."

„Sie hätten dich umgebracht."

Sie ist fertig damit den Kürbis auszuhöhlen und nun dabei, eine Brille in die Schale zu schnitzen. Ihre Hände bewegen sich langsam, das Messer ist klein und kompakt.

„Die Größe ist entscheidend", sagt Amanda.

„Bei Kürbis: Kleines Messer, immer."

Ihre Eltern hatten ihr damals mit einem Brief geantwortet. Darum hatte sie gebeten, weil sie wusste, dass sie es sonst nicht machen würden. Gefühle waren nie ihre Stärke gewesen.

„Sie haben mir nie gesagt, dass sie mich lieben", sagt sie. Im Brief ihres Vaters stand nichts über Amandas neue Freundin. Er hatte sich damit begnügt, ihr dafür zu danken, dass sie sich bedankt hatte, dass sie gute Eltern gewesen waren. Der Brief ihrer Mutter war eine Postkarte mit einigen wenigen Zeilen auf der Rückseite.

„Sie schrieb nur: ‚Es ist für Eltern immer schwierig, wenn ihr Kind ein komplizierteres Leben haben wird, als sie es selbst gehabt haben', und dass es ‚natürlich okay ist'. Ich finde, das war eine ganz nette Art auszudrücken, dass sie es akzeptierte und gleichzeitig dazu stand, dass es sie nicht gerade glücklich machte."

Die Brille ist fertig geschnitzt. Amanda macht gleich mit der Fliege weiter.

„Seitdem haben sie nie wieder darüber gesprochen. Sie trafen Kate, schickten ihr Geburtstagsgeschenke, besuchten ihre Eltern in Indiana. Und als Kate und ich Schluss machten, schickte ich eine Mail, in der ich beschrieb, wie einsam und unglücklich ich in New York sei und meine Mutter antwortete, dass sie traurig darüber sei, wie schwer ich es hätte."

„Ich weiß nicht, ob sie es jemandem erzählt haben."

„Unserer Familie."

„Denen vielleicht schon, glaube ich."

„Ich erinnere mich, wie begeistert sie waren, als das mit Josh ernster wurde. Weil er einen Schwanz hatte."

„Hat."

Amanda sitzt eine Weile still da. Sie hat den letzte Schnitt gesetzt. Der Kürbis hat nun sowohl Brille als auch Fliege.

„Sieht aus wie Dilbert", sagt Amanda. Sie kratzt sich am Kinn.

„Aber das tut Erika auch." Amanda fängt an, die Kerne aus der Schüssel mit den Kürbis-Innereien zu pulen. Einen nach dem anderen sortiert sie aus.

„Ich sollte mich hinsetzen und die letzten 300 Wörter schreiben", sagt sie. „Und das hier später machen." Sie sortiert weiter.

„Nein, okay."

„Ich gehe laufen."

„Ich glaube, fünf Kilometer reichen mir. Ich laufe über die Pulaski Bridge, und wenn es sich gut anfühlt, laufe ich etwas durch Long Island City."

„Ich glaube, so mache ich es."

„Wird schon alles gut."

MASSIERTER GRÜNKOHLSALAT UND BROKKOLISUPPE

Grünkohlsalat:

1 Butternut-Kürbis

Kürbisstückchen

Olivenöl

Grünkohl

Dressing:

Olivenöl

Zitronensaft

Champagneressig

Pfeffer

Knoblauch

Suppe:

2 EL Butter

Koriandersamen, Kreuzkümmel,

Garam Masala, schwarzer und

weißer Pfeffer, Kurkuma, Zimt,

Zwiebelpulver und Curry

Brokkoli

1 Kartoffel

Milch

Weißwein

100 g Quinoa

100 g Weizenkörner

Es ist ein grauer Donnerstagvormittag um 11:02 Uhr, und Amanda ist gerade vom Supermarkt nach Hause gekommen. Sie ist frustriert. Aus Versehen hatte sie eine 2-Liter-Milchtüte aus dem Kühlregal genommen und bemerkte erst an der Kasse, dass das viel zu viel Milch ist. In all den Jahren in denen Amanda für sich selbst und Josh, der gerne Milch trank, eingekauft hatte, kaufte sie immer zwei Liter Milch, aber die letzten paar Monate hatte ihr immer ein einzelner Liter gereicht, da sie selbst nur Milch im Kaffee trinkt.

„Ich muss anfangen, diese Riesenmilch hier aufzubrauchen", sagt Amanda und kippt doppelt so viel Milch in ihren Kaffee wie sonst.

„Derartig lächerliche Sachen machen mich verrückt."

„Diese Reste."

„Überall."

„Bei solchen bescheuerten Gelegenheiten, die komplett sinnlos sind. Ich kaufe ja einfach nur Milch." Sie nimmt einen Schluck.

„Das nenne ich mal eine leckere Tasse Milch mit Kaffee."

In ein paar Stunden kommt Ryan vorbei. Amanda kocht ihm Mittagessen. Sie wollen eine Radtour machen, was Ryans Idee war. Amanda hatte ihm zwar gesagt, dass ihr Rad einen Platten hat, aber er meinte, er würde vorbeikommen und ihn flicken. Sie sagte, sie hätte kein Flickzeug. Er sagte, er könnte auch noch Flickzeug mitbringen.

„Es ist zu einfach", sagt Amanda. Sie fängt an, die Stücke zu schälen, die sie neulich aus dem Kürbis geschnitten hatte.

„Der Plan ist folgender: Wir machen gebackene Zucchini und Kürbis mit massiertem rohen Grünkohl. Eine Art Salat." Amanda hat Laufsachen an, weiße Knöchelsocken, schwarze Leggins, ein weißes T-Shirt und Stirnband. Ihr Haar ist zu einem Pferdeschwanz gebunden. Sie war noch nicht laufen und vorläufig wird das auch erstmal so bleiben, aber irgendwann wird der Zeitpunkt kommen, das weiß sie, und deswegen hat sie keine Lust, erst normale Sachen anzuziehen, um dann ein paar Stunden später in ihre Laufsachen zu wechseln.

Zucchini und Kürbis liegen im Ofen, geschält, gewürfelt und in Olivenöl gewendet, obwohl Olivenöl in diesem Zusammenhang nicht das optimale Öl ist. Denn, wie Amanda sagt, der Ofen ist warm und kaltgepresstes Olivenöl besitzt mit 160 Grad einen relativ niedrigen Rauchpunkt. Trotzdem verwendet sie nun Olivenöl. Sie verwendet immer Olivenöl.

Auf dem Herd steht ein gusseiserner Topf für die Suppe bereit. Zwei Esslöffel Butter sind bereits drin und schmelzen bei mittlerer Hitze. Es ist Zeit, die Gewürzbasis zu bestimmen. Sie fügt Kreuzkümmel hinzu, gemahlen und ganz.

„Und Garam Masala", sagt sie.

„Das ist indisch und schmeckt geil." Außerdem noch schwarzen Pfeffer, weißen Pfeffer – „viel zu viel weißen Pfeffer" – etwas Kurkuma, einen Hauch Zimt und ein bisschen Zwiebelpulver, aber nur weil sie keine Zwiebeln mehr hat. Keine Nelken diesmal. Aber Currypulver, viel Currypulver. Amanda leert die Dose aus. Morgen muss sie zu Kalustyans Gewürzladen an der

Ecke Lexington und 23rd Street. Der ist ausnahmslos gut.

„Es duftet dort einfach fantastisch", sagt Amanda. Sie fängt mit dem, wie sie es nennt, ‚Deflorieren' des Brokkolis an, nur um dann zu ergänzen, dass Brokkoli natürlich keine Blume ist. Die kleinen grünen Röschen kommen in den Topf. Amanda öffnet den Ofen. Sowohl Kürbis als auch Zucchini sind von innen noch recht hart, fangen aber bereits an, Farbe zu bekommen. Das liegt an der Temperatur. Der Ofen steht auf 200 Grad – das ist zu warm. Amanda dreht ihn auf 180 Grad runter.

„Um die Süße so richtig herauszuholen, muss man ihnen viel Zeit geben", sagt sie. Bevor Amanda den Ofen ausmacht, stellt sie eine kleine Form mit einer roten Paprika und ein paar Knoblauchzehen hinein.

„Ich sage immer: Warum keinen Knoblauch backen, wenn der Ofen sowieso schon warm ist? Es schadet nie, gebackene Paprika und Knoblauch vorrätig zu haben."

„Aber es lohnt sich nicht, den Ofen nur deswegen anzumachen."

Amanda nimmt eine Tüte mit Quinoa aus dem Schrank. Sie will die Körner in der Pfanne rösten, bevor sie gekocht werden.

„Das kann man mit allen Getreidesorten machen", sagt sie.

„Davon kriegen sie so Röstaromen." Amanda entdeckt plötzlich ein Glas mit Weizenkörnern auf dem obersten Regal.

„Weizenkörner".

„Vielleicht sollte ich Weizenkörner nehmen?"

„Die sind größer. Lassen sich gut kauen. Schmecken nussig."

„Aber kann man sie rösten?" Amanda liest die Packungs-anweisung auf der Rückseite.

„Scheiß drauf, wir machen's einfach." Es ist ewig her, dass sie das letzte Mal Weizenkörner zubereitet hat. Josh mochte sie nicht. „Aber wenn er mich dazu kriegt, Jumbo-Milchtüten zu kaufen, dann esse ich auch so viele verdammte Weizenkörner wie ich will", argumentiert Amanda. Sie fasst den Entschluss, neben den Weizenkörnern auch noch Quinoa zu machen, von beidem eine halbe Tasse.

„Ich versuche nicht so viel Getreide zu essen", sagt Amanda zu der halben Tasse.

„Das hat viel zu viel Stärke ohne großen Nährwert."

„Man isst schnell zu viel Getreide."

Während die Körner in der Pfanne rösten, wäscht sie ab. Sie schneidet noch eine Kartoffel in die Suppe um sie cremiger zu machen.

„Hallo, ich könnte doch einfach die scheiß Milch in die Suppe kippen", sagt sie mit einem breitem Lächeln. Sie gießt Milch zur Suppe, und dann noch ein halbes Glas älteren Weißweins hinterher.

Sie überlegt, ob sie den Wein zurück in den Kühlschrank stellen oder ihn für später einfrieren soll.

„Davon wird er nicht ranzig, oder?" Sie stellt ihn in den Kühlschrank.

„Fuck!" Amanda macht schnell den Ofen auf. Während sie mit

den Händen Rauch wegwedelt, untersucht sie die Zucchini- und Kürbisstücke.

„Der Zucchini geht es ganz okay."

„Etwas verbrannt."

„Es ist, wie es ist." Mit der Hilfe eines Ofenhandschuhs gelingt es ihr das gebackene Gemüse in eine Schüssel zu schieben.

„Die wenigsten wären wohl so nachlässig, wenn sie Gäste zum Essen erwarten."

„Glücklicherweise habe ich schon von vornherein gewonnen."

„Glücklicherweise", sagt Amanda und versucht mit dem Ofenhandschuh Gänsefüßchen zu machen. Es ist nicht, weil Amanda sich nach jemanden sehnt, den sie beeindrucken kann. Diese Art Beziehung sagt ihr gar nichts.

„Ich kann ja verstehen, dass es spannend sein kann, jemanden zu mögen und nicht zu wissen, ob dieser jemand dich genauso mag, und dann herauszufinden, dass dem so ist. Aber ganz generell, und das gilt für alle Beziehungen, finde ich, dass man versuchen sollte, andere Menschen glücklich zu machen. Es ist unfair, andere über seine eigenen Gefühle im Unklaren zu lassen." Amanda schenkt sich einen Kaffee mit extra viel Milch ein.

„Ich mag Ryan ziemlich doll, und ich könnte ganz sicher mit ihm glücklich werden. Er ist witzig. Er mag es, Sachen mit mir zu unternehmen."

„Aber ist das genug?" Sie nimmt eine Schluck, und holt dann den Grünkohl aus dem Kühlschrank. Bricht die Blätter ab und hackt sie klein.

„Der Trick bei rohem Grünkohl ist, ihn ganz fein zu hacken."

„Das nennt man in Streifen schneiden."

Im Sommer hatte Amanda einen rohen Grünkohlsalat für ihren Cousin gemacht. Als er hörte, dass sie den Kohl roh massieren wollte, hatte er sie einen verdammten Hippie genannt und sich geweigert ihn zu essen.

Dann machte sie den Salat, servierte ihn und erzählte ihm, der Grünkohl sei gekocht. Er aß drauf los und liebte es. Amanda widerstand der Versuchung, ihm zu sagen, dass er roh und massiert war.

„Er wäre total ausgeflippt, hätte sich angestellt wie ein kleines Kind. Und das mit 47. Der Grünkohl liegt nun fertig gehackt in einer Schüssel.

„Alles klar", sagt Amanda, „dann machen wir mal ein Dressing."

„Dafür benutzen wir das Olivenöl von Aysels Vater." Aysel ist Amandas Freundin und Ph.D-Kollegin an der New School for Social Research, wo sie an einer vergleichenden politischen Analyse des Säkularismus in der Türkei und in Indien arbeitet. Ihr Vater importiert Olivenöl aus der Türkei. Auf dem Etikett ist ein großes ‚Z' abgebildet, das für Zeytinyagi steht, das türkische Wort für Olivenöl. Amanda halbiert eine Zitrone und presst eine Hälfte aus.

„Champagneressig", sagt sie und gibt einen Schuss dazu.

„Ein bisschen süß, ein bisschen lecker." Amanda dreht dreimal an der Pfeffermühle.

„Jetzt die große Frage: Presse ich eine gebackene Knoblauchzehe ins Dressing?"

„Wird das zusammen mit dem ganzen Rest funktionieren?"

„Es ist süß."

„Ich glaube es geht." Amanda legt eine mittelgroße Zehe in die Knoblauchpresse und presst sie in das Dressing. Mit einer Gabel verrührt sie das Ganze mit schnellen Bewegungen.

„Es soll gerne emulgieren", sagt sie. Das tut es nach eineinhalb Minuten pausenlosen schlagens. Dann gießt Amanda es über den Grünkohl, wäscht ihre Hände und fängt an zu massieren.

„Das Problem hierbei ist, dass der Küchentisch zu hoch für mich ist", sagt Amanda. Sie ist 1,69 Meter groß.

„Manchmal bin ich 1,70."

„Und anchmal fühle ich mich klein."

„Im Mittleren Westen fühle ich mich wirklich klein. Die Menschen dort sind einfach gigantisch."

„Ich wäre gerne größer."

„Ich hätte auch gerne mehr Geld." Amanda setzt sich an den Esstisch und fängt an zu massieren. Mit beiden Händen greift sie kräftig in den Grünkohl, wieder und wieder. Auf dem Herd köcheln Quinoa und Weizenkerne neben der Suppe.

„Ich weiß nicht, ob ich jemals wieder jemanden so sehr lieben werde, wie ich Josh liebe", sagt Amanda.

„Aber ich kann so einfach nicht leben. Das ist es nicht wert." In den letzten Jahren ihrer Beziehung entwickelte Josh einen etwas verschobenen Tagesrhythmus und eine unpraktische Vorliebe für zerstoßenes Ritalin.

„Es kotzt mich einfach an, dass er nicht mit mir reden will.

„Also, ich verstehe schon warum. Ich verstehe, dass er verletzt ist." Amanda massiert immer noch voller Druck den Grünkohl.

„Und irgendwie ist das auch gut so", sagt sie.

„Es ist leichter über jemanden hinweg zu kommen, wenn man sauer auf ihn ist." Nach fünf Minuten ist der Grünkohl fertig massiert und und sie füllt jetzt die Hälfte in eine Schüssel. Um es ganz richtig zu machen, sollte Amanda den Kohl über Nacht stehen lassen, damit er noch mehr zusammenfallen kann, aber das wird heute nichts. Sie wendet sich dem Herd zu.

„So, lasst uns den Freund hier pürieren", sagt sie und fährt mit dem Stabmixer durch die Suppe. Quinoa und Weizenkerne sind in ein paar Minuten fertig.

„Mit der Zeit vergisst man, warum man jemanden mochte", sagt Amanda.

„Nach und nach verschwinden die Routinen, die kleinen Alltagshandlungen und damit verschwinden auch die Gefühle."

„Im Bett liegen und einen Film gucken."

„Gemeinsam zu Abend essen."

„Was wir im ganzen letzten Jahr nicht gemacht haben." Amanda schüttet mehr Milch und eine gute Portion Salz in die Suppe. Es ist 12:39 Uhr, und Ryan steht gleich vor der Tür. Amanda möchte vorher noch duschen. Sie zieht das Haargummi aus den Haaren und lässt sie über die Schultern fallen. Laufen fällt heute aus.

GRÜNER SALAT
MIT ZING

Kohlrabiblätter

1 Zwiebel

Kreuzkümmel

Geräuchertes Paprikapulver

Pfeffer

Apfelessig

Knoblauchpulver

Gewürzmischung mit Zing

Chilisauce

Graupen

Linsen

Gestern Abend, nach vier hintereinander folgenden Tagen in der Gesellschaft von Ryan und seinen Freunden, kochte Amanda eine Kohlrabisuppe. Heute, am Dienstag den 30. Oktober, macht sie ein Gericht aus den übrig gebliebenen Blättern.

„Die schmecken nicht besonders gut", sagt Amanda. „Aber ich will sie nicht wegwerfen, und Ryan meinte nur ‚Ich esse den Kram da nicht'." Also hat Amanda sie heute Morgen mit zu sich nach Hause genommen, und brät sie jetzt in der Pfanne zusammen mit kleingeschnittenen Zwiebeln und ihrer gewöhnlichen Gewürzmischung: Kreuzkümmel, geräuchertes Paprikapulver und schwarzer Pfeffer.

„Kein Salz, das ist zu ungesund. Etwas Apfelessig, der ist nämlich gesund. Und Knoblauchpulver, weil ich faul bin."

„Ach ja, und dieses Gewürz, dass ich neulich bei *Trader Joe's* gefunden habe, als ich in Shoppinglaune war."

„Da ist anscheinend Zing drin." Amanda liest laut vom Etikett. *„Diese vielseitige Gewürzmischung verbessert jede Mahlzeit dank Zing. Passt zu allem und ist täglich ein Gewinn."*

„Das reimt sich…", sagt Amanda und lächelt. Ihr heutiger Kurs wurde abgesagt. Ein Orkan war am Sonntag auf die Ostküste getroffen, seitdem war die Stadt abgeriegelt. Amanda feierte eine Orkan-Party bei Ryans Freund Jakob, eine Handvoll Freunde kamen auch noch dazu.

„Es gab Wein, Sherry, Sangria, Bier und was weiß ich nicht alles", sagt Amanda.

„Es war bodenlos."

Der Samstag begann mit einem Ausflug nach Red Hook. Amanda hatte eigentlich beschlossen nicht mit zu Jacobs Aufnahmen zu kommen, aber sie war immer noch leicht besoffen, als Ryan sie fragte, und für einen kurzen Augenblick klang es nach einem witzigen Vormittagsausflug. War es aber nicht.

„Fuck, Alter", sagt Amanda.

Der Dreh fand bei *Bait & Wackle* statt, einer großen Bar mit Billardtisch und Dartscheiben. Die Fenster waren klein und auf Grund der Veranstaltung abgedeckt. Es handelte sich um die Aufnahme von *Pub(l)ic Disgraze XLVII feat. Erin Zane*. Ein großer Typ in Shorts stand am Eingang und sorgte dafür, dass von jedem Zuschauer ein Bild gemacht wurde, während man dabei seinen Führerschein neben sein Gesicht hielt.

„Danach hätte ich eigentlich schon gehen sollen", sagt Amanda.

„Aber es herrschte so eine euphorische Stimmung, ein bisschen wie in der Schlange vor der Achterbahn. Und dann bekamen wir auch noch zwei Getränkemarken."

Amanda und Ryan hatten jeder ein Bier und einen Kurzen bestellt, und sich in eine Sitzecke hinter dem Billardtisch gesetzt. Dann kam die Regisseurin, eine ca. 185 Zentimeter große schwarze Frau, die sich dem Publikum als Barbara Bush vorstellte und die Regeln erklärte: Man durfte Erin Zane schubsen, angrabschen, sie vom Hals abwärts anspucken und sie fingern, wenn man saubere Hände und kurze Nägel hatte. Es gab Handdesinfektion und einen Nagelknipser an der Bar. Es war in Ordnung, Erin Zane auf den Hintern und auf die Brüste zu klatschen, aber man durfte nicht hart zuschlagen. Sie hatte am Dienstag wieder einen Dreh. Zehn Minuten später kam Barbara Bush wieder, jetzt mit einem zwei Meter großen Typen, der laut Ryan aussah wie Ricky Martin auf Steroiden.

„Da musste ich ihm recht geben", sagt Amanda.

Zwischen ihnen stand Erin Zane, eine kleine blonde Frau Mitte zwanzig, mit cremefarbener Haut und großen Brüsten, die mit einem Seil verschnürt waren. Ihre Hände waren hinter ihrem Rücken mit Handschellen gefesselt. Sie trug einen grünen Rock und ein Schild um den Hals, auf dem stand: *Ich bin eine geile Sau.*

Vier verschiedene Kameras nahmen die Show auf, Jacob stand mit einem Camcorder in der Hand drüben am Eingang. Barbara Bush und Ricky Martin setzten Erin auf einen Barhocker, und begannen, ihren Mund mit Servietten vollzustopfen, während sie ihr abwechselnd Ohrfeigen gaben und gegen die Brüste schlugen.

Bush fragte in den Raum, ob jemand Lust hätte, an dieser „geilen Sau" rumzufummeln. Das musste sie nicht zweimal fragen. Das Publikum begann sofort, Erin Zane anzuspucken, zu beleidigen, zu schlagen und Finger in sie reinzustecken, ihr Rock und ihre Unterhose wurden schnell runtergerissen, sodass sie komplett nackt dastand, bis auf das Seil, das um ihre mittlerweile gut angeschwollenen Brüste spannte.

Barbara holte einen kleinen Stab aus ihrer Tasche, mit dem sie Erin elektrische Schläge verpasste. Die Leute bestellten weiter Drinks an der Bar, es lief Musik, und irgendwann hob Ricky Martin Erin mit ausgestrecktem Arm hoch, setzte sie dann auf einen Tisch und begann sie, zur Freude des jubelnden Publikums, mit seinem unterarmgroßen Schwanz zu ficken. Es liefen Tränen ihre Wangen hinab.

„Ich fasse es nicht, dass ich nicht gegangen bin", sagt Amanda. Sie holt eine Plastikdose mit Linsen und Graupen aus dem Kühlschrank.

„Es war, als wäre man in Trance. In einem Paralleluniversum. Da standen im Ernst Frauen und fassten ihr an die Titten!" Die Geschlechterverteilung war circa 30 zu 10. Drei Paare und eine Gruppe aus Freundinnen. Das ging mindestens eine halbe Stunde lang so. Zwischendrin hing Erin von einem Balken an der Decke herab, während ein Mann mit Vollbart aus dem Publikum eine Bierflasche in sie einführte. Ricky Martins Einsatz kulminierte in einer Runde Sex in der Missionarsstellung auf dem Billiardtisch, bevor er in ihr Gesicht kam. Die ganze Aufnahme endete damit, dass Barbara Bush ihre rechte Faust mit Gleitcreme einschmierte und sich methodisch in den Arsch von Erin Zane hoch arbeitete, um ihr zum Abschluss mit der linken Hand einen Orgasmus zu verpassen, bei dem sie abspritzte.

„Wir reden hier von meterlangen Spritzern", sagt Amanda.

Sie hat den Deckel von der Plastikdose mit den Linsen und Graupen genommen und riecht am Inhalt.

„Ist nicht ganz frisch." Sie stehen seit fünf Tagen im Kühlschrank.

„Ist aber auch nicht ganz schlecht", sagt sie und stellt die Dose für eineinhalb Minuten in die Mikrowelle.

Jacob hatte Amanda und Ryan nach der Aufnahme mit in dem

Backstagebereich genommen. Ricky Martin, der, wie sich herausstellte, den Namen Johnny Depth trug, saß auf einer Bank und meditierte. Barbara Bush und Erin Zane waren gerade dabei, sich zu umarmen.

„War das die ganze Hand?" fragte Erin. „Bis zum Handgelenk", antwortete Barbara. Jacob stellte sie vor.

„Ryan sah aus wie ein kleiner Junge, der den Weihnachtsmann getroffen hat", sagt Amanda.

„Er stand einfach da, lächelte, glotzte Erin an und sagte irgendetwas wie: ‚Das war der Hammer'."

„Das war schon ziemlich niedlich."

Barbara hatte Amanda gefragt, wie es ihr gefallen hatte.

„Es war… interessant", hatte Amanda geantwortet.

Barbara lächelte und verabschiedete sich. Amanda wartete etwas, dann wandt sie sich an Erin.

„Wie geht es dir?"

„Ich bin etwas *dick drunk*", sagte Erin mit einem matten lächeln. „Und meine Augen brennen wie Hölle. Scheiß Sperma, das ist immer das Schlimmste."

Amanda hatte sie gefragt, was sie von der ganzen Sache hätte.

Erin hatte geantwortet, dass es ihr außer 1.200 Dollar das Gefühl gebe, es mit der ganzen Welt aufnehmen zu können.

„Und ich glaube, sie konnte sehen, dass ich nicht ganz verstand, was sie meinte, weil sie dann anfing zu erklären, dass ihr immer gesagt worden war, wie verletzlich sie sei und wie gefährlich alles ist, dass sie auf dieses und jenes aufpassen und nicht alleine nach

Hause gehen solle. Und dass es sich unglaublich anfühlt, auf diese Weise misshandelt zu werden und zu erfahren, dass man es einstecken kann. Dass der eigene Körper nicht aus Porzellan gemacht ist." Die Mikrowelle piept. Amanda nimmt die Linsen und Graupen heraus und schüttet sie sofort in die Bratpfanne, in der immer noch Zwiebeln und Kohlrabiblätter braten.

„Ok, von mir aus", sagt sie.

„Aber jetzt im Ernst."

„Geh doch zum Boxen oder sowas."

Was auch immer Amanda von der Filmaufnahme hielt, sie war der Auslöser für das, was Amanda „eine orkanartige Sauftour" nannte. Tatsächlich war die Party bei Jacob nach drei Tagen immer noch im Gange, und alle Kurse waren bis einschließlich Mittwoch abgesagt worden. Trotzdem hatte Amanda sich dazu entschieden am Morgen den Bus nach Hause zu nehmen.

„Ich muss so tun, als hätte ich neben Ryan noch ein Leben."

„Und dann dieser Traum heute Nacht."

Amanda hat von Ryan geträumt, der mit dem Rücken auf einem Billardtisch lag, splitterfasernackt, festgebunden mit Seilen, die jeweils zu einer der vier Taschen führten und mit einer faustgroßen Zitrone als Gagball im Mund. Khias *My Neck, My Back* lief auf Repeat, und Amanda ging um den Billardtisch herum, wobei ihr Weizen- und Linsenpflanzen aus den Armen und Ohren wuchsen. Die Pflanzen verwendete sie, um Ryan zu kitzeln, der unterdessen darum kämpfte, durch seine verstopfte

Nase Luft holen zu können. Amanda kitzelte ihn unter den Füßen und entlang der Innenseite der Schenkel, während sie *„do it, do it, do it, do it, do it now, lick it good, suck this pussy just like you should"* sang. Ryan schnaubte und stöhnte, Tränen liefen sein Gesicht herab, und sein Schwanz stand senkrecht wie ein Mast. Und er wuchs. Im Takt mit Amandas Gesang und Kitzeln, wurde Ryans Schwanz immer länger und dicker und nahm eine immer rötere Färbung an, bis er fast einen Meter groß und dunkelviolett zitternd und pulsierend in die Luft ragte, *„The best head comes from a thug"*, sang Amanda und streichelte mit ihren Weizenohren seinen Schaft, bis sie die Eichel erreichte, die bereits anfing Risse zu bekommen. Amanda schrie *„You bitches ain't got shit on me"* und gleichzeitig platze Ryans Schwanz und fiel in seinem Schoß zusammen wie Fetzen zerkochter Roter Bete.

Nachdem sie die Linsen und Graupen einige Minuten zusammen mit den Kohlrabiblättern gebraten hatte, kippt Amanda nun alles auf einen Teller und spritzt Hot Sauce darauf.

„Ich weiß nicht so recht."

„Jetzt, wo ich so drüber nachdenke, hat er mich nur ein einziges Mal geleckt."

„Okay, eineinhalb Male." Amanda setzt sich an den Tisch, macht ihren Laptop an und liest Nachrichten.

„Es sieht aus, als wäre die Küste New Jerseys verschwunden." Sie trinkt ein Glas Wasser.

„Ein Menge Bäume sind umgefallen."

„Morgen macht die Börse wieder auf.“

„Der Marathon am Sonntag findet wie geplant statt.“

Amanda ist heute Nachmittag laufen gegangen, hin und zurück über die Williamsburg-Bridge und nach Hause entlang des Newton Creek, dem lokalen Bach, berühmt dafür, das giftigste Gewässer des ganzen Landes zu sein, mit seiner ganz besonderen Mischung aus Öllecks, ungefilterter Kloake und seinen 150 Jahren als Müllhalde für das Abwasser und die Chemieabfälle der Hafenindustrie. Der Newton Creek trat am Sonntag über die Ufer und hat sich erst heute Morgen zurückgezogen.

„Alles war mit einem Ölfilm überzogen“, sagt Amanda.

„Das war ziemlich ekelhaft.“ Sie hatte sich etwas merkwürdig gefühlt, wie sie dort in diesem zerstörten Stadtteil fröhlich joggen ging, während andere damit beschäftigt waren, Wasser aus ihren Kellern zu schaufeln, zerbrochene Fenster auszuwechseln und eingestürzte Dächer zu reparieren.

„Ich bin ein schrecklicher Mensch“, sagt Amanda.

Sie füllt ihren Mund mit Linsen und Graupen und liest weiter.

„Der Bürgermeister sagt, er sei über die ganze Stadt geflogen. Ich wette, mit einem Jetpack auf dem Rücken.“

„50 Häuser am Breezy Point sind komplett niedergebrannt. Wir konnten es riechen. Sie hatten nicht genügend Wasser zum Löschen. Wie kann es bitte eine Überschwemmung geben und dann nicht genügend Löschwasser?“ Amanda entfernt ein Stück Kohlrabiblatt, dass sich zwischen ihren Vorderzähnen festgesetzt hatte.

„Die FEMA hat das technische Hilfswerk der Armee hierher geschickt, um uns dabei zu helfen, die U-Bahn-Schächte vom Wasser zu befreien. Das kann leicht mehrere Tage dauern, bis die wieder fahren."

„Vielleicht habe ich am Donnerstag auch frei?"

„Das wäre ja meeeega geil." Amanda checkt ihre Mails.

„Meine Fresse!"

„The New School bleibt bis Montag geschlossen."

„Okay, das ist ja viel zu krass!"

„Dann habe ich den ganzen Freitag frei. Und Donnerstagmorgen."

„Scheiß die Wand an!"

„Es ist total unverantwortlich von denen, dass schon so früh bekannt zu geben."

„Es ist total nice."

„Außer wenn sie die Stunden ans Ende des Semesters dranhängen. Dann schaffe ich es nicht zur Hochzeit."

Spät am Nachmittag des 14. Septembers, wenige Stunden nach Kurs-Ende, fliegt Amanda Heim nach Kansas City, zur Hochzeit ihrer alten Freundin Ruth. Sie wird Hil heiraten, er ist Professor für Englische Literatur, Ruth ist öffentliche Verteidigerin, sie wohnen in einem schönen alten Haus am Stadtrand. Amandas alter Freund Everett, lokaler Kaffeeröster und Teilzeitmusiker, ist auch eingeladen, und hat Amanda gerade neulich eine Mail geschrieben um zu Fragen, ob sie nicht

Lust hätte, seine Begleitung zu sein. Das ist keine – jedenfalls nicht nur – freundschaftliche Anfrage.

In einer feuchtfröhlichen Julinacht, während Amandas zwei-monatigem Sommeraufenthalt in Missouri, hatte Everett sie geküsst. Sie hatte den Kuss erwidert. Es kam aus dem Nichts. Ihre ganze zwanzigjährige Freundschaft hindurch hatte es nicht auch nur das geringste Anzeichen einer gegenseitigen Anziehung zwischen den beiden gegeben. Das ganze ließ Amanda, wie sie es formulierte, völlig am Rad drehen. Aber dann küssten sie sich wieder und noch ein Mal, und als der Sommer zu Ende ging, lief ihre kleine Romanze schon fast einen Monat. Am Tag von Amandas geplanten Rückflug nach New York, gab Everett mit seiner Band ein Konzert. Sie spielten *Hey, That's No Way to Say Goodbye* von Leonard Cohen, und Everett widmete den Song Amanda, die errötete und sagte, dass er jetzt wohl etwas voreilig sei. Als sie an Bord des Flugzeugs stieg, spürte sie den Verdacht in sich aufkommen, dass sie vielleicht verliebt sei.

Seitdem haben sie nicht mehr miteinander gesprochen. Höchstens ein paar Mails geschrieben. Als das Semester dann begann, und Ryan anfing, sich ins Bild zu schieben, glitten die Gedanken an Everett in den Hintergrund. Jetzt sind sie zurück. Amanda dreht die Lautstärke an ihrem Laptop auf. Everetts Mail enthielt einen Link zu einem Song: ein Typ singt eine Coverversion von Gillian Welchs *I Dream a Highway Back to You*. Während die Musik spielt, kaut Amanda auf den letzten Resten des Abendessens herum.

Oh, I dream a highway back to you love
A winding ribbon with a band of gold
A silver vision come and rest my soul
I dream a highway back to you.

„Das hier ist die beste Strophe", sagt Amanda. „*Drink whiskey with my water, sugar in my tea.*"

„Genau das machen wir", sagt Amanda.

„Trinken Whiskey und hören uns seine 60 Jahre alten Platten an. Wir sind süß."

Der Plan ist, dass Amanda über Weihnachten und Silvester in Kansas City bleibt.

„Vielleicht verliebe ich mich in Everett und bleibe für immer dort wohnen", sagt sie und tauscht den Welch-Song gegen *Hello Darlin'* von Conway Twitty aus. Dann ändert sie ihre Meinung und spielt *Delicate* von Damien Rice ab.

„Der Song ist schön", sagt Amanda. Die Sonne ist halb hinter den Gebäuden im Hinterhof versunken.

„Es ist nur etwas bescheuert, weil es wieder so ablaufen wird wie beim letzten Mal. Ich bin einige Wochen da, es wird intensiv und fantastisch, und ich werde keine Ahnung haben, ob es nur so ein Feriending ist."

Sie hat aufgegessen.

„Ich steigere mich da hinein. Steigere und steigere. ‚Uhh, dann kann ich zurück nach Hause, zurück nach Missouri ziehen'."

„Ein Ablenkungsmanöver nach dem anderen."

„Rühre in der Suppe rum."

„Rum und rum und rum." Amanda trink den Rest ihres Wassers.

Sie sucht nach *Gauzy Dress in the Sun* von Richard Buckner.

„Speziell diese Live-Aufnahme ist wirklich stark." Sie nimmt den Teller und das Glas mit rüber zur Spüle und fängt an abzuwaschen, während die Musik spielt.

A gauzy dress in the sun
and a blue moon bloomed
and we drove out over the line
with so long to go
and someone I left behind

KAFFEE MIT
MILCH

Kaffee
Milch

Gekleidet in Rock, Top und Bluse in variierenden Brauntönen tritt Amanda in die Küche, um sich eine Tasse Kaffee zu nehmen. Sie kippt Milch dazu und leert damit endlich die Tüte.

„Fuck you, Josh."

„Ich kann auch alleine zwei Liter Milch trinken."

GERÖSTETE KÜRBISSE MIT GRÜNZEUG

1 Butternut-Kürbis

1 Buttercup-Kürbis

1 Eichel-Kürbis

Weißkohl

Grünkohl

2 Zwiebeln

1 Mohrrübe

Blattkohlblätter

Blumenkohlblätter

Olivenöl

Salz

Pfeffer

Essig

Gewürzmischung mit Zing

Hüttenkäse

„Aua, Scheiße."

Amanda hat sich gerade geschnitten. Das Messer ist durch ihren Fingernagel gegangen. Es sieht ekelhaft aus, findet sie.

„Nägel sind merkwürdig", sagt Amanda. „So eine Ansammlung von dünnen Lagen." Es ist ein regnerischer Mittwoch, draußen sind es fünf Grad, es ist 11:18 Uhr, und Barack Obama ist nach seinem gestrigen Sieg bei der Präsidentschaftswahl auf allen Sendern zu sehen. Amanda will gleich ein paar Kürbisse backen. Sie war vor ein paar Stunden eine Runde Laufen, um den Regen zu vermeiden. Unterwegs hörte sie WNYC, wo Obamas Siegesrede aus Chicago gesendet wurde.

„Er sagte: ‚Egal, ob du schwarz oder weiß bist, Latino oder Asiate oder Native American, jung oder alt, reich oder arm, gesund oder nicht, schwul oder hetero' und ‚Wir sind mehr als die Summe unserer Einzelambitionen' und ‚Wir sind die Vereinigten Staaten von Amerika und werden es immer bleiben'."

„Ich habe voll die Gänsehaut bekommen", sagt Amanda.

„Gänsehaut ist wirklich merkwürdig – als physische Reaktion auf etwas Politisches."

„Ich glaube, es hängt damit zusammen, dass ich älter werde. Das sind genau diese rührseligen Momente, die wirklich merkwürdig sind. Wie, wenn man sagt ‚Ohh, Katzenbabys sind so süß.' Genau wie alle Babys."

„Selbstverständlich ist es das Ziel dieser Redeweise, Gefühle zu erwecken."

Weil ihr die Füße wehtun, ist Amanda nur sieben Kilometer

gelaufen. Sie ist viel gelaufen in letzter Zeit. Aus dem Kühlschrank nimmt sie verschiedene Kürbisse – Butternut-, Buttercup- und Eichel-Kürbis.

„Ich hätte nur im Leben nicht damit gerechnet, in diesem Land Homoehen erleben zu dürfen."

„Nicht, dass ich Homoehen befürworte."

„Also ich bin nicht dagegen. Ich bin generell gegen das Konzept Ehe, also ja, natürlich sollen Homosexuelle das Recht haben zu heiraten, aber wir sollten uns hinsetzen und unsere Auffassung von Ehe generell ändern." Nachdem sie mit einer Gabel Löcher in die Kürbisse gepikst hat, schiebt sie alle in den Ofen.

„Die meisten schneiden Kürbisse in der Mitte durch und entfernen die Kerne, bevor sie diese backen. Ich mag den Gedanken, dass man sie im Ganzen zubereitet. Das ist leichter. Die logische Konsequenz ist nur, dass es dann länger dauert. Und man kann nicht sehen, wann sie fertig sind."

„Naja, wir können in der Zwischenzeit genauso gut noch etwas anderes backen, oder?" Amanda begibt sich im Kühlschrank auf die Suche. Sie findet Weißkohl und Blattkohl. Sie sucht weiter.

„Was versteckt sich denn in dieser kleinen Wundertüte hier?"

„Hallöchen, die hatte ich ja komplett vergessen." Das Ergebnis der Suche sind Blumenkohlblätter, etwas Grünkohl, zwei Zwiebeln und eine Mohrrübe. Die Mohrrübe ist zum Teil mit Schimmel bedeckt.

„Die kann man retten", sagt Amanda und schneidet die verschimmelten Stellen weg. Zum jetzigen Zeitpunkt hat sie drei Kürbisse und eine Auflaufform voller Kohl in den Ofen geschoben. Die Temperatur liegt bei genau 190 Grad.

„Was zu warm für den Kohl, aber nicht warm genug für die Kürbisse ist."

„Das ist Sozialismus. Alles muss gleich viel zerstört werden. Weil Gleichheit besser ist als glücklich sein."

Apropos Politik, ist Amanda stolz auf ihren Heimatstaat. Während des Wahlkampfes für den Senat lag der Republikaner Todd Akin in allen Umfragen vorne, bis er in einem Podiumsgespräch über neue Vergewaltigungsgesetze dafür argumentierte, dass Frauen, die einem „legitimate rape" ausgesetzt waren, es vermeiden könnten schwanger zu werden, „weil der weibliche Körper dazu in der Lage ist, das ganze System herunterzufahren". Die Wähler in Missouri waren nicht begeistert. Das spiegelte sich schon am Tag danach in den Umfragen wider, und es wurde nur schlimmer, als Akin in einer Debatte seine demokratische Gegenkandidatin, Claire McCaskill, beschuldigte ,weibliche' Tricks zu benutzen. McCaskill gewann die Wahl mit großem Abstand.

„In Indiana war es das Gleiche", sagt Amanda über Richard Mourdock, der verlor, nachdem er erklärt hatte, dass die Schwangerschaft einer Frau nach einer Vergewaltigung ,ein Ausdruck für Gottes Wille' sei.

„Voll viele Menschen wählen gegen Frauenhass. Das ist großartig."

Draußen vor dem Küchenfenster ist der Wind ziemlich stark. Der rote Ahorn neben der Magnolie hat seine letzten Blätter verloren. Die Temperatur nähert sich null Grad, der Schnee ist auf dem Weg, und wenn die ersten Flocken fallen treffen Amanda, Erika und der Rest der Clique sich aus Tradition auf ein Bier im The Pencil Factory.

„Der Schnee darf gern noch etwas warten", sagt Amanda. Sie nimmt einen Schluck Kaffee. Auf dem Tisch liegt ein Stapel Klausuren, der korrigiert werden muss. Ihr *Elements of Sociology*-Kurs an der City University musste drei Fragen beantworten. Eine Frage lief darauf hinaus, Marx' Theorie der Entfremdung zu erklären. Amanda hat sich bereits ein paar von ihnen angeschaut. Sie kichert.

„Hihihi… eines der Mädchen hat geschrieben… hahaha…" Sie hält sich den Bauch.

„Under capitalism, the harder the worker works, the more he becomes exploded." Amanda krümmt sich vor Lachen. Tief aus dem Magen bricht es unkontrolliert aus hier heraus. Sie läuft quer durchs Wohnzimmer.

„Ich muss unbedingt das richtige Zitat finden." Mit der Klausur in der Hand geht sie zurück in die Küche.

„Das hier ist noch besser: *If we don't have control of our labor, we become exploded.* Hahahaha… die armen Trottel… hahaha… das ist zu gut ‚Pass auf, ich explodiere, ich habe meine Arbeitskraft nicht unter Kontrolle'… hahaha."

„Und das war ansonsten eine richtig gute Klausur. Sie hat es total kapiert."

„Ich muss ihnen wohl lieber erklären, was dieses ‚*exploitation*'
genau ist."

Die Mohrrübe und die Zwiebeln sind jetzt zusammen mit den
Kürbissen und dem Weiß- und Grünkohl im Ofen. Der Blattkohl
und die Blumenkohlblätter kommen mit Salz, Pfeffer und
Olivenöl eine Runde in die Pfanne. Zuerst müssen sie gewaschen
werden.

„Das Problem, wenn man Blattkohl statt anderem Blattgrün
verwendet, ist, dass er sehr dicht an der Erde wächst", sagt
Amanda.

„Er ist oft voller Sand, man muss ihn also ziemlich gründlich
reinigen, was ziemlich öde ist."

Sie spült jedes Blatt einzeln. Erst entfernt sie die Stängel, dann
kommt jedes einmal unter den Wasserhahn. Amanda holt nur
eine mittelgroße Pfanne aus dem Schrank, damit die Blätter nicht
ständig mit dem Pfannenboden in Kontakt kommen. Sie gibt
einen Schluck Olivenöl dazu. Einen kleinen Schluck. Amanda
spart gern am Olivenöl.

„Es ist nicht gut für dich" sagt sie.

„Olivenöl ist voller Fett und Kalorien, die wir lieber durch
Bier einnehmen wollen." Moderate Mengen an Salz und Pfeffer
werden hinzugegeben, bevor die grünen Blätter in die Pfanne
kommen.

„Das sind wirklich viele", sagt Amanda.

„Aber die hier sind sehr gut für dich."

„Ich war seit Jahren nicht mehr krank. Ich kann mich nicht daran erinnern, wann ich das letzte Mal beim Arzt gewesen bin, weil ich krank war. Das muss in… ich weiß nicht… den 90ern gewesen sein."

„Nein, stimmt nicht. Ich hatte mal eine Nierenentzündung, als ich auf dem College war. Das tat übertrieben in den Nieren weh, und ich meinte nur so, ‚sorry Leute, ich muss ab jetzt Wodka-Cranberrysaft trinken‘, und dann bin ich eines Morgens mit so großen Schmerzen aufgewacht, dass ich mich fast nicht bewegen konnte, also kam ich sofort in die Notaufnahme, wo sie mir intravenös Antibiotika gaben." Amanda füllt ein Glas mit Wasser und nimmt einen großen Schluck.

„Das war das coolste Krankenhaus. Ich war damals noch mit meinem Ex-Freund zusammen, und der Arzt fragte, ob ich sexuell aktiv sei. Ich antwortete mit Ja. Ohne auch nur hoch zu gucken, fragte er, ob mit Männern oder Frauen. Ich dachte nur, wow, ich bin in San Francisco." Sie beschließt ein paar Tropfen Essig und etwas von der Gewürzmischung mit Zing zum Grünzeug hinzu zu geben.

Sie setzt sich hin, um Ryan eine Nachricht zu schreiben. Das ist als Ausgleich gedacht, weil sie ihn gestern nicht zu sich eingeladen hat. Sie fragt, wie der Ausflug nach New Jersey gelaufen ist. Wegen der durch den Orkan entstanden Schäden war er dazu gezwungen, die Linie A nach Manhattan zu nehmen, in die 1'er nach Norden umzusteigen, um dann die

Fähre über den Hudson River zu erwischen, bis ihn schließlich eine Fahrt mit der New Jersey Light Rail das letzte Stück zur Arbeit brachte.

Amandas Begeisterung für Ryan befindet sich zur Zeit auf einem sehr niedrigen Level.

„Wenn ich zu viel mit ihm abhänge, fängt er an, mir auf die Nerven zu gehen", sagt sie.

„Er fängt an loszulabern, wie sehr er mich doch mag, und ich denke mir nur, leck mich, bis später."

„Es tut mir Leid, das sagen zu müssen, aber er strengt sich zu sehr an. Er erinnert mich an meine Ex-Freundin. Ich tue mich schwer mit solchen Menschen. Es wirkt falsch."

„Das war genau das, was so cool war, als wir anfingen zu daten. Er erzählte allen möglichen Scheiß, manches davon war total schrecklich, und ich sagte ‚Nein, so kann man das nicht sagen', und dann stritten wir uns darüber, und das fand ich gut."

Amanda öffnet den Ofen, um die Kürbisse zu wenden.

„Er konnte dann anfangen, mir von den Kunst-Studierenden auf der Pratt zu erzählen, und darüber, dass alle Koreaner in seinen Kursen auf die gleiche Art arbeiteten, und ich erzählte ihm wie rassistisch das sei, und dass er probieren solle, sich in etwas mehr Selbstzensur zu üben. Jetzt sagt er sowas nicht mehr. Was gut ist, aber auch etwas langweilig. Ein klarer Fall von zu viel Selbstzensur."

„Er sagte oft: ‚Ich finde, Gender ist witzig, ich mag Mädchen mit ihren Haaren und ihrem Make-up', und ich erklärte ihm, wie komplett lächerlich das war, und jetzt würde er solche Sachen nicht mal mehr im Traum sagen. Das ist schade."

„Außerdem hat er Jacob gebeten, nicht mehr das Wort ‚behindert' zu benutzen."

„Er passt sich an."

„Ich mag Menschen, die zu ihren Haltungen stehen. Obwohl sie falsch sind."

„Das war ein Witz."

„Ich bin mir nicht sicher."

„Er ist super. Er ist süß und nett. Ich fühle mich schlecht, wenn ich so über ihn rede."

„Ich sollte ihm sagen, dass ich ihn nicht mag."

„Aber dann würde er gar nichts mehr mit mir zu tun haben wollen. Dazu bin ich nicht bereit." Amanda rührt in den Blättern.

„Ich bin zu egoistisch", sagt sie.

Es kommt etwas Rauch aus dem Ofen, als Amanda ihn öffnet, um nach dem Gemüse zu gucken. Mit einem Löffel drückt sie auf die Kürbisse. Butternut- und Eichel-Kürbis sind weich.

„Das sollte mir eigentlich sagen, dass sie durch sind, aber ich weiß nicht recht." Mit Hilfe einer Salatzange nimmt sie den Eichel-Kürbis aus dem Ofen und fängt an ihn zu schälen. Er ist rauchig und schwammig. Dann holt sie die Mohrrübe und die Zwiebeln raus, nicht weil sie genug bekommen haben, sondern weil sie leicht verbrannt aussehen.

„Denk daran, dass der Ofen zu warm für sie ist. Deswegen

kriegen sie so schnell Farbe. Sobald die Kürbisse fertig sind, drehen wir die Temperatur runter und lassen sie stundenlang weiterbacken, so dass die Zwiebeln süß und lecker werden. Das Gegenteil von verbrannt." Die Kürbisse haben eineinhalb Stunden bekommen. Amanda hebt den Butternut-Kürbis hoch.

„Das ist mal ein arschschwerer Kürbis", sagt Amanda.

Sie holt auch den Buttercup-Kürbis raus. Sie schneidet beide mit dem Kochmesser auf und löffelt einen Mundvoll aus jedem, den sie erst anpustet, bevor sie probiert. Vorlieben lassen sich schnell erkennen. Wie erwartet ist der Eichel-Kürbis, laut Amanda, nahezu geschmacklos.

„Viele zerstampfen ihn und mischen ihn mit Nüssen", sagt sie. Der Butternut-Kürbis ist trockener. Er hat eine nussigen Geschmack. Das ist neu für Amanda.

„Interessant", sagt sie. Butternut gewinnt. Sie mag auch den Buttercup, aber er hat eine etwas zu kartoffelartige Struktur.

„Ich bin froh, dass ich ihn gekauft habe", sagt Amanda.

„Den Eichel hätte ich auch weglassen können." Sie füllt einen Teller mit den drei Sorten Kürbis und den gebratenen grünen Blättern gemischt mit Hüttenkäse, um den Proteingehalt zu erhöhen. Die Kürbisse werden weder auf die eine noch auf die andere Art abgeschmeckt.

„Manche mögen es, Butter oder Zucker unter ihren Kürbis zu mischen", sagt Amanda. Damit kann sie nichts anfangen.

„Ich mag den Geschmack von Gemüse, und ich mag das Gefühl von gebackenem Kürbis im Mund. Genau wie bei Babybrei.

Man muss fast nicht kauen."

„Den nudistischen Irrtum würde Bataille das wohl nennen. Gebackener Kürbis als Symbol für die unmittelbare Zugänglichkeit. Nichts wird verzögert, nichts, durch das man sich durcharbeiten muss oder das es zu durchdringen gilt."

„Wir nennen es einfach Ryan. Irgendwie passt das ganz gut mit den Blättern zusammen, die man tatsächlich ordentlich kauen muss. Das kostet Anstrengung. Das kostet Zeit. Und Zeit ist, wie wir ja wissen, eine Voraussetzung für Erotik."

„Oder so."

Amanda trinkt ein Glas Wasser und isst einen Apfel zu ihrem Essen. Sie isst schnell. Sie ist darauf aus, heute mindestens zwölf Klausuren zu korrigieren. Draußen nimmt der Wind an Stärke zu. Amanda schaut aus dem Fenster.

„Huch", sagt sie.

„Ich glaube, ich habe gerade eine Schneeflocke gesehen."

GEMISCHTE
KÜRBISSUPPE

---

1 Zwiebel

Butter

Salbei

Gewürzmischung mit Zing

Eichel-Kürbis

Buttercup-Kürbis

Amanda hat ihre Laufsachen an – Stirnband, hellblaues T-Shirt, Knöchelsocken und schwarze Leggings, die bis unter die Knie gehen.

„Es ist das Jahr des Cameltoe", sagt Amanda über ihre Leggings.

„Oder das der Kaffeebohne." Sie kocht gerade für ihre Rückkehr vom Laufen. Sie ist außerdem gerade dabei nicht zu arbeiten.

„Zwei Sachen gleichzeitig", sagt sie. Es ist acht Minuten nach zwölf. Vier Stunden lang hat Amanda über das Verhältnis zwischen dem Weltraum, den internationalen Gewässern und der Antarktis als Erkenntnisobjekt geschrieben.

„Das würde man typischerweise epistemologische Verwandt-schaften nennen", sagt Amanda, die stehend eine Zwiebel schneidet. Kürbissuppe steht auf dem Menü. Am Wochenende war Amanda auf einer Radtour mit Ryan, und trotzdem ist es ihr gelungen, 1000 Wörter für die Doktorarbeit zu schreiben.

„Und ich bin nicht ausgegangen", sagt sie. „Ich habe also nicht wirklich Geld ausgegeben."

„Nein, warte, stimmt eigentlich nicht, ich war aus. Um die Ecke von Ryans Studio in Sunset Park ist so ein alter Laden, ein Irish Pub, wo er oft hingeht, dort haben wir ein Bier getrunken."

„Nur ein einziges."

„Allerdings war es ein Pint von der englischen Sorte. Und es war ein *Smithwick's*, mein irisches Lieblingsbier. Es ist ein Red Ale, ein schön einfaches Bier, das man literweise runterkippen kann, das aber trotzdem genügend Körper hat, um nach etwas zu schmecken. Als ich in Irland wohnte, habe ich 30.000 davon getrunken." Eines ihrer Collegejahre hat sie auf einem Austausch verbracht. Das war das beste Jahr ihres Lebens.

Jetzt sautiert sie die Zwiebeln in Butter. Butter harmoniert am besten zusammen mit der Suppe. Vom Gewürzregal nimmt sie Salbei und die Gewürzmischung mit Zing. Sie hat Kopfschmerzen. Gestern waren Ryan und sie im Prospect Park, dort lagen sie auf einer Decke in der Sonne, lasen Bücher und tranken Wein. Ryan zeichnete Skizzen von ihnen.

„Es endete damit, dass wir offenbar sechs Flaschen Wein getrunken hatten. Vielleicht sieben. Fuck."

„Aber schon okay, ich gehe das Schamgefühl jetzt aus dem Körper laufen." Amanda gibt Buttercup- und Eichel-Kürbis zu den Zwiebeln in den Topf. Den Butternut hat sie schon gegessen.

In zwei Wochen haben Tiff und Jimmy ihre Freunde zu einem Thanksgiving Dinner eingeladen, das schließt Amanda mit ein, aber auch Josh, der nichts von Amanda und Ryan weiß. Das allein wäre kein Problem, hätte Amanda nicht auch Ryan eingeladen, weil sie davon ausging, dass Josh eh nicht kommen würde."

„Er soll nicht wissen, dass ich jemand anders date", sagt Amanda.

„Sonst kommt er über mich hinweg. Und ich möchte mir die Möglichkeit immer noch warm halten. Ich habe keine Lust weiterzukommen. Also, ein Teil von mir will es schon." Sie nimmt den Stabmixer aus dem Schrank.

„Ich kann Josh aber auch nicht sagen, dass ich mit jemand anderem zusammen bin, dass das aber nichts zu bedeuten hat, dann wirke ich wie eine Schlampe." Heute Morgen hat Amanda eine Mail an Josh geschickt. Darin fragte sie ihn, ob er Lust hätte, sich mit ihr auf einen Kaffee zu treffen. Sie mixt die Suppe glatt und flüssig. Anschließend kann sie etwas köcheln.

„Dann muss ich wohl laufen gehen. Ich glaube ich laufe nach Roosevelt Island und sehe mir den neuen Park an."

„Es ist gutes Wetter. Voll schön. Ich hoffe nicht, dass ich vor lauter Kater ohnmächtig werde." Amanda knotet den Haustürschlüssel an ihrem Schnürsenkel fest, geht aus der Küche und schließt vorsichtig die Haustür hinter sich.

WEIßKOHL MIT GRAUPEN UND LINSEN

50 g Linsen

50 g Graupen

Weißkohl

Essig

Kreuzkümmel

Paprikapulver

Gewürzmischung mit Zing

Amanda tun die Füße weh. Sie ist zwanzig Kilometer gelaufen und war danach noch bei *Key Foods* einkaufen. Die Quittung sieht folgendermaßen aus:

Jack Barley Beans	$1.29
Jack Rabbit Lentil	$1.19
Seltzer-Raspberry	$0.60
Single unit Soda	$0.05
1.26 lb Bok Choy	$1.88
3.65 lb Cabbage	$1.79
3.41 lb Squash Butternut	$2.69
3.11 lb Squash Butternut	$2.46
Subtotal	$11.95
+ sales tax	$0.05
+ Total	$12.00

„Das ist viel Essen für zwölf Dollar. Aber das hier war überflüssig", sagt Amanda und betrachtet die Flasche Sprudelwasser mit Himbeergeschmack in ihrer Hand.

„Die wenigsten mögen sowas." Amanda leert die Jutebeutel aus und schätzt, dass sie genügend Lebensmittel für zehn Mahlzeiten hat. Linsen und Graupen reichen für vierzehn Mahlzeiten, da in jeder Tüte 700 Gramm sind, und Amanda pro Gericht 50 Gramm benutzt. Sie kocht aber pro Mahlzeit immer ein viertel Kilo, damit sie den Rest für später einfrieren kann. Während sie weiter rechnet, fängt Amanda an, Linsen und Graupen zu kochen. Der Weißkohl reicht für vier Mahlzeiten. Sie hat sich überlegt die Hälfte jetzt zuzubereiten, dann hat sie was für heute und morgen. Der Pak Choi sollte in Kombination mit dem Tofu, den sie schon hatte, ausreichend für zwei solide Suppengerichte sein. Zwei Butternut-Kürbisse – Amanda kann sich nicht ganz vorstellen, wie sie mehr als einen halben pro Mahlzeit essen soll – reichen für mindestens vier Mahlzeiten.

„Das ist eine schwere Rechenaufgabe", sagt Amanda und starrt die Kürbisse an.

„Aber Mathe *ist* schwer. Das hat Barbie uns beigebracht."

„Zehn Mahlzeiten sind vielleicht etwas viel", schlussfolgert sie.

Der Weißkohl brät zusammen mit etwas Essig, Kreuzkümmel, Paprikapulver und der besonderen Gewürzmischung mit Zing. Amanda hat keine Lust, noch mehr damit anzustellen.

„Ich bin faul", sagt sie.

„Mein Traum ist es, einen Job zu bekommen, egal in welcher Scheißstadt, und ganz gleich, wo diese Scheißstadt dann liegt, lege ich mir einen kleinen Garten zu. Mit diesem Gedanken spiele ich mehrmals am Tag. Ich kriege einen Garten und baue meine eigenes Gemüse an. Ich bin natürlich nicht besonders gut darin. Dann könnte ich mehr Geld für besseres Essen ausgeben. Ich würde gerne guten Käse kaufen. Und leckere Pilze, Shiitake und Portobello. Und ich würde gerne Biomilch kaufen. Und teures Gemüse. Wie zum Beispiel Spargel. Oder Rosenkohl."

Amanda hätte gerne Rosenkohl bei *Key Foods* gekauft, aber sie ließ es sein.

„Der kostete vier Dollar für ein halbes Kilo. Das ist etwas viel nur für Rosenkohl.“

„Und ich würde mehr Fleischersatzprodukte kaufen. Grünkohl zum Beispiel kaufe ich nur, weil er billig ist, eigentlich würde ich lieber Mangold kaufen, in allen Farben. Nicht, dass… also, der Unterschied liegt wohl bei 40 Cent.“

„Ich würde gerne mehr Geld für Lebensmittel ausgeben.“

„Aber ich spare es immer für Bier.“

Als Kind auf dem Land in Missouri ging Amanda für gewöhnlich mit ihrer Mutter und einem Taschenrechner in der Hand einkaufen, damit sie dabei helfen konnte auszurechnen, welche Sachen am billigsten waren. Das gefiel Amanda gut. Was ihr dagegen nicht gefiel, war ihr Familienauto. Jahrelang fuhren sie in einem babyblauen Kombi rum, eine richtige Schrottkarre, wahrscheinlich ein Ford, daran kann sich Amanda nicht erinnern, aber sie weiß noch, dass er Löcher im Boden hatte.

„Damals saßen wir auf dem Rücksitz und schmissen kleine Murmeln und Malkreide auf die Straße und sahen ihnen aus dem Rückfenster beim verschwinden zu. Das war super cool. Es war nur nicht super cool, als ich in die fünfte Klasse ging, und meinen Geburtstag auf einer Minigolfanlage feiern wollte, weil meine Mutter uns Kinder alle dort hinfahren musste, das war so peinlich, dass ich am liebsten den ganzen Geburtstag abgeblasen hätte.“

Einfach gesprochen gibt es dort, wo Amanda aufgewachsen ist, zwei Sorten von Menschen: Stadtmenschen und Landmenschen. Die Einkommensverteilung folgte entlang der gleichen Trennlinie.

„Die Stadtmenschen hatten Geld, die Bauern nicht", sagt Amanda.

„Die Mädels in der Stadt hatten Geld, und sie hatten Swimmingpools. Ich hatte eine Freundin, Marcy Parks, ihr Vater hatte einen Lebensmittelladen, und in meiner Vorstellung war sie das reichste Mädchen der Welt. Als sie sechzehn wurde, durfte sie sich das Auto aussuchen, das sie haben wollte."

Als Amanda sechzehn wurde, bekam sie das alte Auto ihrer Oma, eine weißen Chrysler LeBaron, den ihre Cousine ein paar Jahre zuvor gefahren war. Mit etwas gutem Willen konnte man ihn auf 90 km/h pressen, die rechte Hintertür war festgerostet, und schließlich brach der Wagen mitten auf der Autobahn zusammen, wo Amanda dann ohne Handy stand, weil sie kein Handy besaß, weshalb sie per Anhalter nach Hause kommen musste. Sie wurde von einem Trucker namens Darry mitgenommen, der nur einen Zahn hatte.

„Ziemlich unangenehm", sagt Amanda.

Die Linsen und Graupen sind inzwischen fertig gekocht. Vier Fünftel davon – Linsen unten, Graupen oben – werden auf vier verschieden Take-Away-Behälter aufgeteilt, die noch von Joshs Zeit in der Wohnung stammen. Amanda warnt davor, Essen so aufzubewahren.

„Diese Sorte Plastik ist nicht zur Wiederverwertung gedacht, daher bin ich in gewisser Weise gerade dabei, mir selbst Krebs zu geben", sagt sie. Das ist noch so eine der Sachen, die auf ihrer Liste steht, wenn sie einen Job bekommt. Plastikbehälter in höchster Qualität.

„Und Messer."

„Und gusseiserne Töpfe von *Le Creuset*."

„Aber ganz oben steht eine richtig gute Küchenmaschine." Die restlichen Linsen und Graupen liegen unter einem Berg bräunlichen Weißkohls auf einem Teller. Hier kommt das Geheimnis für die Weißkohlzubereitung:

„Du musst Weißkohl mögen."

„Das schaffen nicht viele."

Und dann darf man ihn um alles in der Welt nicht kochen. Am besten ist es, ihn bei niedriger Temperatur für lange Zeit zu backen. Was immer du machst, mach es langsam." Sie setzt sich hin und isst. Checkt ihre Mails.

„Josh hat geantwortet", sagt sie mit vollem Mund.

„Scheint so, als würden wir uns Freitag treffen."

RUCOLASALAT

Babyspinat

Rucola

3 Tomaten

1/2 Gurke

Tofu

Mandeln, eine Handvoll

Es ist vier Tage her, dass Amanda eine Tüte mit Rucola gekauft hat, deren Inhalt sie jetzt, an einem frühen Montagabend, auseinander sortiert, die schlappen von den frischen Blättern. Eigentlich hatte sie geplant einen Rucolasalat zum Thanksgiving Dinner bei Tiff und Jimmy mitzubringen, aber wie es aussieht, macht Erika schon einen Rucolasalat, deswegen tut Amanda die Blätter jetzt in ihr Abendessen. Zumindest die paar frischen, die noch übrig sind. Die hätten sich sowieso nicht mehr so lange halten können.

„Man muss den immer rechtzeitig besorgen, weil Rucola oft ausverkauft ist." Neulich hatte Amanda entdeckt, dass es weiter hinten im Kühlschrank deutlich kälter ist. Getränke frieren oft ein, wenn sie dort stehen. Der Rucola lag auch dort, was vielleicht einer der Gründe für seinen schnellen Verfall sein könnte.

„Es ist wichtig, einen korrekt temperierten Kühlschrank zu haben", sagt Amanda.

Sie ist fertig mit dem Sortieren der Blätter und bereit zum Lästern. Ein paar Stunden vorher hatte sie sich mit Erika zum Mittagessen getroffen, Linsensuppe und Bagels bei *Murray's*. Es ging um Erikas Freundin, Julie. Bevor sie nach New York gezogen war und Erika kennengelernt hatte, lebte sie in Buffalo, wo ihre damalige Freundin studierte. Sie hatten beschlossen, ein Kind zu bekommen. Unglücklicherweise, und aus Gründen die im Ungewissen liegen, ging die Beziehung, kurz nachdem Julie schwanger wurde, kaputt. Julie wollte damals unbedingt Mutter werden, daher entschied sie sich, das Kind trotzdem zu kriegen, doch es endete damit, dass sie sich eines Nachts mit einer Fehlgeburt allein in einem Hotelzimmer in Buffalo wiederfand. Erika erfuhr davon, kurz nachdem es zwischen Julie und ihr ernster geworden war, und es bekümmerte sie. Es bekümmerte sie, dass es anscheinend so wichtig für Julie war, ein Kind zu bekommen.

Amanda erinnerte sich noch genau daran, dass Erika voller Begeisterung und zugleich voller Zweifel gewesen war, als sie Julie besser kennengelernt hatte. „Ich mag sie wirklich gern", sagte Erika damals, „aber da ist diese Sache mit dem Kind." Sie trafen sich trotzdem weiterhin, sie verliebten sich, und alles ging gut. Dieses Wochenende musste Julie sich entscheiden, ob sie ihren Mietvertrag verlängern oder sich nach einem neuen Ort zum wohnen umschauen wollte, was wiederum zu einer Diskussion über ihre gemeinsam Zukunft mit Erika führte. Julie fragte Erika, wo sie sich in fünf Jahren sehe. Erika bat sie, doch bitte etwas konkreter zu werden. „Okay, möchtest du Kinder haben oder nicht?", fragte Julie. „Das weiß ich nicht", antwortete Erika. „Ich bin mir nicht sicher. Könnte schon sein."

Julie war nicht gerade begeistert über diese Antwort, aber sie fand sich damit ab. Erika hingegen ist seither ganz schön aus der Fassung. Beim Suppe essen sagte sie zu Amanda: „Ich möchte ihre Zeit nicht verschwenden, und ich habe erst recht keine Lust, mit jemanden zusammen zu sein, der Kinder so wichtig findet, dass sie alles andere übertrumpfen."

Amanda mischt Babyspinat und Rucola. Sie beißt ein Stück

von einem Rucolablatt ab.

„Wahnsinn, wie intensiv Salat schmecken kann", sagt sie.

„Ich habe zu Erika gesagt: ‚Du darfst deswegen nicht mit ihr Schluss machen. Das tust du nicht. Vielleicht änderst du deine Meinung, vielleicht ändert sie ihre, in einem Jahr kann alles anders sein'."

„Erika ist traurig. Sie zweifelt an allem."

„Ich habe ihr gesagt, dass es nicht lange dauert, bis Julie kapiert, dass Erika das Beste ist, was ihr je passiert ist. Mit oder ohne Kind."

Amanda schiebt einen Stuhl vor den Herd, um an das obere Regal zu kommen, auf dem die Salatschüssel steht. Sie ist zu klein.

„Scheiße", sagt Amanda.

„Josh hat die große Salatschüssel mitgenommen."

Sie nimmt den großen Topf vom Geschirrtrockner, der gründlich gespült wurde, nachdem in ihm Suppe gekocht worden war.

„Ja", sagt Amanda, „das hier ist geradezu beschämend. Was würde Martha Stewart dazu sagen?"

„Sie wäre erschüttert."

„An dieser Stelle sollten wir daran denken, dass sie eine Schwindlerin ist, also kann es uns auch egal sein, was sie sagt." Amanda scheidet drei Tomaten in Scheiben und halbiert eine Gurke. Sie benutzt das Brotmesser, wohlwissend, dass es davon stumpf wird. Es ist eh viel zu scharf, lautet ihre Begründung. Es wäre naheliegend, Avocados in den Rucolasalat zu tun.

„Hätte ich doch bloß Avocados", sagt Amanda. Hat sie aber nicht, und das hat einen Grund.

„Entweder bezahlst du vier Dollar für eine vernünftige Avocado oder du zahlst einen, und dann sind sie jedes zweite Mal ungenießbar. Würden wir in Kalifornien wohnen, hätten wir jetzt einen Avocadobaum im Hintergarten." Amanda würde liebend gerne zurück an die Westküste ziehen. Dort fühlt sie sich zu Hause.

„Das war eines der ersten Dinge, die Erika zu ihr sagte, als sie sich kennenlernten: ‚Du kommst von der Westküste, das kann ich dir ansehen.' ‚Wie das?', fragte ich. ‚Weil du nie etwas Schwarzes trägst', sagte sie. Und das stimmt. Ich trage nie etwas Schwarzes. Ich finde die Farbe zu hart. Und zu formell."

Die Farbpalette in Amandas Kleiderschrank reduziert sich auf drei Farben: Braun, Grau und Marineblau, mit Braun als Fundament.

„Typischerweise bin ich gekleidet wie eine jüdisch-orthodoxe Frau. Kein Grund aufzufallen." Amandas Cousin daheim in Missouri tat sich mit ihrem Kleidungsstil etwas schwer. ‚Versuch es doch mal mit ein paar verdammten Farben', sagte er für gewöhnlich. Seine vierzehnjährige Tochter drückte es etwas diskreter aus. Wenn sie Shoppen gingen, suchte sie mit Vorliebe das trostloseste Kleidungsstück raus und zeigte es dann mit großem Enthusiasmus Amanda: ‚Ist das hier langweilig genug? Schön nichtssagend?'"

„Meine Mutter hat meinen Klamottengeschmack mittlerweile akzeptiert. ‚Ich habe im Second-Hand-Shop ein hübsches graues Kleid für dich gekauft', sagt sie zum Beispiel."

Es fängt langsam an zu dämmern. Amanda hat in der Küche kein Licht angemacht. Sie hält es so lange wie möglich nur mit Tageslicht aus. Ihr gefällt das visuelle Gefühl, dass der Tag sich dem Ende nähert. Im Hinterhof geht es rund. Ein Filmteam bereitet eine Aufnahme in der Synagoge vor. Ein Hund heult. Es ist der von Lisa und Mark unten aus der Nummer 131. Seit dem Orkan hat er gut und gern jeden Tag fünf Stunden geheult. Amanda hat überlegt zu klopfen um zu fragen, ob mit ihm irgendwas nicht stimmt, aber Mark ist, Amanda zufolge, etwas verrückt im Kopf, und Lisa ist auch nicht besonders freundlich.

Ein Block Tofu liegt zerdrückt unter einem Teller in der Spüle. Amanda hackt eine Handvoll Mandeln in Hälften und schmeißt sie in eine Pfanne. Sie hatte wieder ein Wochenende in Ryans Gesellschaft verbracht.

„Das liegt daran, weil wenn ich verkatert bin… bin ich wie gelähmt. Ich habe dann keine Lust, allein in diesem Zustand zu sein."

Am Samstag hatten sie eine Radtour von der Bronx aus nach Norden gemacht, entlang der Bahnschienen der alten Putnam-Linie, die in einen grünen Pfad umgestaltet worden war, der durch einen Wald, entlang eines Flusses und über das große New Croton-Wasserreservoir führt, fast 50 Kilometer entfernt von der Stadt, pure Sonne und nahezu menschenleer. Unter einer alten Eiche machten sie eine Pause, und Ryan öffnete die mitgebrachte Flasche Wein ohne Korkenzieher, indem er die Flasche mit dem Boden gefühlvoll gegen den Baum schlug, bis der Korken langsam heraus geschoben wurde.

„Ein Baumstamm", sagt Amanda mit hochgezogenen Augenbrauen.

„Das nenne ich Talent."

Möglicherweise inspiriert durch den Wein hatte Ryan damit begonnen, Amandas Pullover auszuziehen. Es sah ihm nicht ganz ähnlich, so vorpreschend zu sein. Sie lagen im Gras und küssten sich, als Ryans Hand sich in Amandas Hose schob, die sie eigentlich erst wieder hatte entfernen wollen, es dann aber doch bleiben ließ.

„Einem Kater folgt oft diese spezielle Form der faul-verzweifelten Geilheit", sagt Amanda.

„Gemäßigter Kater." Bald hatten sie Sex, er über ihr, was tendenziell ausgezeichnet gewesen wäre, wären da nicht diese Ameisen gewesen, die ihr immer wieder in den Arsch bissen. Sie hatte sich dazu entschieden, es auszuhalten, auch weil Ryan so klang, als ob er kurz vor dem Ende wäre, doch dann schlang sie beide Arme um seinen Rücken, zog ihn an sich heran und rollte sie beide zur Seite, bis sie oben lag und sich auf ihn setzte, vornübergebeugt, mit beiden Händen auf seinem Brustkorb und unnachgiebigem Augenkontakt. Er lächelte mit geschlossenem Mund. Sie wiegte vor und zurück. Erhöhte langsam die Geschwindigkeit. Setzte sich aufrecht. Schob die Brust nach vorne und lehnte sich nach hinten, griff in das halbhohe Gras, riss es aus der Erde, wieder und wieder, ganze Büschel mit Wurzeln, während sie vor und zurück stieß, vor und zurück, schneller und schneller, mit kräftigen Stößen, bis sie mit einem tiefen Seufzer und mit ihrem ganzen Gewicht vornüber auf Ryan fiel. Mit beiden Händen in seinem Gesicht, die Grasbüschel in seinen Mund pressend, ließ sie die letzten Wallungen durch sich zucken und kippte schließlich zur Seite ins Gras, wo sie mit von sich gestreckten Armen und Beinen lag und mit leerem Blick in den Himmel sah.

Ryan kniete auf allen Vieren und spuckte Gras aus dem Mund. Kurz danach war er ein einziges großes Grinsen.

„Er sah aus wie ein kleiner Junge", sagte Amanda.

„Nein, er sah aus wie Tom Hanks in *Big*, als er zum ersten Mal ein paar Brüste zu sehen bekommt."

„Sein Blick, Alter, ich hatte Angst, dass er mich gleich fragt, ob ich ihn heiraten will."

Sie hebt den Teller an, wendet den Tofu und lässt ihn noch etwas weiter abtropfen. Sie hatte sich am Freitag mit Josh getroffen. Sie tranken Kaffee im *Troost* auf der Manhattan Avenue, ein Café, das wohl eher eine Bar ist, und eine Happy Hour von vier bis acht hat, also war es billig. Nach dem Kaffee teilten sie sich eine halbe Karaffe Rotwein. Amanda hatte gehofft, sie würden über Thanksgiving reden. Sie hätte gerne gewusst, was Josh vorhatte, ob er kommen würde oder nicht, wie es ihm mit all dem ging. Aber sie hatte keine Lust, es zur Sprache zu bringen. Das sollte Josh machen. Sie erzählte und erzählte, sprach über das neue Mahnmal rund um den Krater, das sie neulich besucht hatte, es war so interessant, und wie geht es mit dem Unterricht, hast du in letzter Zeit einen guten Film gesehen?

„Das passiert mir immer, wenn ich nervös werde", sagt Amanda, während sie den Tofu in Würfel schneidet und dann in der Pfanne anbrät.

„Ich saß also da und grübelte darüber nach, was meine nächste Frage sein könnte. Es folgten einige Augenblicke der Stille, in denen ich dachte: ‚Das ist deine Gelegenheit, Josh'. Aber nein."

„Keine Ahnung, warum ich mir vorstelle, dass er Lust hat, über die Dinge zu reden. Genau das war ja das ganze Problem. Er wollte nie über die Dinge reden. Darüber gemeinsam Abend zu essen, darüber den ganzen Tag zu schlafen, darüber morgens um halb vier fucking Ritalin zu ziehen."

„Er fragte mich: ‚Kämpfst du jemals mit Gefühlen, die nicht ausschließlich etwas mit unserer Beziehung zu tun haben?' Und ich antwortete: ‚Schon, aber ich hab das Bedürfnis, über unsere Beziehung zu sprechen, und nicht darüber, wie sehr ich mich selber hasse, weil ich noch nicht mit meiner Doktorarbeit fertig bin'." Amanda schüttet den inzwischen gebratenen Tofu und die gerösteten Mandeln zum Salat in den Topf. Sie macht das Licht an.

„Er fand, dass ich meine Gefühle nicht mit ihm teilte. Nicht so richtig. ‚Du sprichst,' sagte er, ‚aber es sprechen keine tiefen Gefühle aus dir.' Und damit hatte er wohl recht. Aber was sollte ich machen? Das habe ich mich wirklich gefragt. Das hier ist alles, was ich fühle, also bin ich offenbar ein oberflächlicher Mensch. Dann sagte ich: ‚Es kotzt mich an, dass du nicht aufstehst.' Und dann fing er an und kam mir mit einer seiner langen philosophischen Abhandlungen, abstrakt bis zum Gehtnichtmehr. ‚Es geht nicht darum, aus dem Bett zu kommen'."

„Nein, das mag schon sein, aber das tut es für mich. Und auf dem Niveau machte er munter weiter."

„Ist gut Josh, komm runter. Lande dein kleines Flugzeug."

„Den Teil rief ich innerlich."

„Lande dein kleines Flugzeug!"

APFEL-
PREISELBEERSOSSE

340 g Preiselbeeren

Wasser

Muskatnuss

Ingwer

Klementinenschale

2 EL Zucker

100 ml Apfelmus

3 Rohrzuckerwürfel

1/2 EL Honig

Amanda ist gerade mit einem Jutebeutel voller Preiselbeeren und zwei ausgewachsenen Kohlrüben vom Gemüsehändler nach Hause gekommen.

„Die sahen so gut aus", sagt Amanda über die Kohlrüben, ein enger Verwandter des Kohlrabis in violetten Farbtönen.

„Eigentlich wollte ich keine Kohlrüben kaufen."

„Meine Oma aus Tennessee nannte meinen kleinen Bruder immer ‚Kleine Kohlrübe', und das fand ich total süß, vielleicht hat mich das in meinem Impulskauf beeinflusst. Naja, und außerdem waren sie im Angebot."

Es ist ein später Mittwochmorgen, der Tag vor Thanksgiving, und Amanda ist gerade dabei, mit der Preiselbeersoße anzufangen, die sie morgen zu Jimmy und Tiff mitnehmen will. Als Kind wusste Amanda nicht, wie eine Preiselbeere aussieht. Nicht, dass man in ihrer Familie keine Preiselbeersoße an Thanksgiving aß, das tat man sehr wohl, jedes Jahr, aber man kippte sie aus einer Packung und schnitt sie in Scheiben.

„So widerlich ist der amerikanische Mittlere Westen", sagt Amanda. Paradoxerweise bevorzugte Josh, geboren und aufgewachsen am Atlantischen Ozean im nordwestlichsten Teil des Landes, das, was er Dosenfutter nannte, im Gegensatz zum *real Deal*. Amanda mag beides nicht. Aber sie macht es.

„Weil die Leute es mögen. Und es passt gut zu Truthahn, weil Truthahn trocken ist", sagt sie.

„Außerdem ist es eine gute Möglichkeit, den Rest des

Apfelmuses aufzubrauchen, der die gleiche Gewürzbasis hat." Amanda öffnet eine Plastikdose mit Apfelmus, der länger als einen Monat gefroren gewesen war, aber noch immer einen kräftigen Duft von Zimt, Muskatnuss und Nelken verströmt.

„Wir machen jetzt Apfel-Preiselbeersoße. So clever bin ich."

„Isst sowieso niemand. Alle finden bloß immer, dass sie dazu gehört."

Josh wird sie nicht zu sehen bekommen, weil Josh nicht kommen wird. Neulich schrieb Jimmy eine Mail an Amanda, um zu sagen, dass er und Tiff sich dazu entschieden hätten, noch ein weiteres Thanksgiving Dinner am Freitag zu geben, zu dem Josh eingeladen sei, während Amanda am Donnerstag Ryan mitbringen könne. Amanda war erleichtert gewesen. Auch weil Ryan am Freitag verreisen würde, und sie deswegen überlegt hat, Josh zu schreiben und zu fragen, ob es für ihn okay wäre, wenn sie zum Dinner kommt. Sie erwartet keine Proteste von Josh.

„Ich komme mit", sagt Amanda.

„Ich komme mit, übernehme das ganze, rede pausenlos, während Josh still in der Ecke sitzt. Wir alle wissen, wie es ablaufen wird. Es wird ein Fest werden."

Es ist Zeit zu kochen. Alle Preiselbeeren kommen in einen mittelgroßen Topf, der akkurat mit so viel Wasser gefüllt wird, dass alle Beeren bedeckt sind. Es wird Muskatnuss dazu gegeben, und Ingwer und ein wenig von der Schale einer Klementine.

Leider hat Amanda keine Reibe mehr, die hat Josh mitgenommen, deswegen muss sie stattdessen den Käsehobel benutzten und ist mehrmals kurz davor, sich die Finger blutig zu reiben. Sie presst etwas Saft aus der Klementine und gibt zwei Esslöffel Zucker hinzu.

„Der Plan ist, so wenig Zucker wie möglich zu verwenden." Aus Rücksicht auf unsere Gesundheit. Die Äpfel sollten süß genug sein."

„Außerdem kann man den Zimt und die Nelken nicht rausschmecken, wenn es zu süß ist." Der Apfelmus ist schon fast aufgetaut. Amanda versucht, etwas mehr Schale von der Klementine zu reiben.

Preiselbeersoße zu machen, ist ziemlich einfach", sagt sie.

„Du musst bloß die Beeren kochen, bis sie platzen." Sie misst gut 100 ml halbgefrorenen Apfelmus ab und gießt ihn in den Topf, dann rührt sie für eine Minute um und probiert das ganze abschließend.

„Sehr säuerlich." Sie schmeißt drei Rohrzuckerwürfel in die Soße, rührt um, probiert.

„Immer noch säuerlich." Es kommt ein halber Esslöffel Honig dazu. Dann ist Schluss. Amanda will noch laufen gehen, eine kurze Runde, höchstens sechs Kilometer, gestern ist sie zwanzig gelaufen. Sie lässt die Soße köcheln und zieht ihre Laufschuhe an. Der Himmel ist blau. Amanda geht zurück in die Küche und holt die Tüte mit den leeren Flaschen aus dem Schrank unter der Spüle. Sie klirren, während sie die Treppen runtergeht.

KNETFREIES TOPFBROT (DOPPELTE PORTION)

600 g Weißmehl

450 g weißes Vollkornmehl

1 l Wasser

1 EL Salz

1 TL Hefe

Maismehl

„Das hier war vor ein paar Jahren ein Riesending", sagt Amanda. Sie ist zurück von einer sechs Kilometer Laufrunde, hat geduscht und ist bereit, sich am Rezept für knetfreies Brot von Jim Lahey von der *Sullivan Street Banking Company* zu versuchen.

„Er hat die Amerikaner zu Brotbäckern gemacht", sagt Amanda, die gerade auf einem Stuhl steht und dabei ist, all ihr Mehl auf dem Regal über dem Kühlschrank zu finden.

Sie steigt sowohl mit Weißmehl als auch mit Vollkornmehl in den Händen wieder herunter. Weißes Vollkornmehl kommt eigentlich nicht als Zutat im Rezept vor, aber Amanda verwendet es trotzdem, weil es mehr Ballast- und Nährstoffe hat als normales Weißmehl, gleichzeitig ist es leichter und weicher als normales Vollkornmehl.

„Außerdem kostet es fast nichts bei *Trader Joe's*. Drei Dollar für zweieinhalb Kilo ist ein guter Preis. Weißes Vollkornmehl ist meistens recht teuer." Alles in allem verwendet sie etwas mehr als ein Kilo Mehl, 600 Gramm normales, 450 Gramm Vollkornmehl, eine doppelte Portion, was doppelt so viel ist, wie sie braucht, aber da knetfreies Topfbrot bei 230 Grad gebacken werden muss, und Josh den 5-Liter-Feuertopf mitgenommen hat, bleibt Amanda nichts anderes übrig, als das Brot in ihrem gusseisernen 10-Liter-Topf zu backen, in dem eine einzelne Portion Teig sich auf den Boden legen und zu Fladenbrot werden würde. Daher, doppelte Portion, ein Esslöffel Salz, ein Teelöffel Trockenhefe und ein Liter Wasser.

„Es empfiehlt sich, erst alle trockenen Zutaten zu vermischen und dann das Wasser hinzuzufügen", sagt Amanda. Sie ist schon im vollen Gange.

„Das habe ich vergessen."

„Ich habe Wasser und Mehl vermischt und dann Salz und Hefe dazu getan. Das ist die Erklärung für die komischen Klumpen im Teig."

„Aber geht schon. Sowas gibt dem Brot Charakter. Kraft. Ein gestähltes Brot."

„Die Idee ist auf jeden Fall, dass man die ganze Chose vermischt, den Topf mit Frischhaltefolie abdeckt und ihn über Nacht auf dem Küchentisch stehen lässt."

Laut Amanda liegt der Schlüssel zu gutem Brot darin, für die exakt richtige Temperatur in der Küche zu sorgen. Wenn es zu warm ist, hungert die Hefe und geht zu schnell auf. Ein Problem, dem Amanda schon einige Male begegnet ist. Früher war ihr Thermostat auf zweiundzwanzig Grad eingestellt. Der Teig ging unverhältnismäßig schnell auf. Daher drehte sie es auf zwanzig Grad runter, was auch der Empfehlung der Regierung für einen effektiven und umweltfreundlichen Energieverbrauch entspricht, aber die Wohnung wurde zu kalt, fand Amanda, und für den Teig war es auch nicht gut. Seitdem ist das Thermostat auf einundzwanzig Grad eingestellt, die optimale Temperatur für knetfreies Topfbrot, aber immer noch einen Tick zu kühl für Amanda. Ihre Hände werden beim Tippen auf dem Laptop kalt. Draußen sind es acht Grad und Sonnenschein. Amanda schließt das Küchenfenster.

„Das Mehl hat auch was zu melden", sagt sie.

„Vollkornmehl geht nie so sehr auf. Reines weißes Mehl wird so groß", sagt Amanda und formt mit ihren Armen einen Kreis.

Sie ist davon überzeugt, dass auch die Hefe einen großen Unterschied macht, aber gesteht, dass sie keine Ahnung von den Unterschieden zwischen Brothefe, Turbohefe und anderen Sorten Trockenhefe hat. Mit frischer Hefe hatte sie noch nie zu tun gehabt.

„Ich habe keine Ahnung", sagt sie. „Ich weiß nur, dass ich keinen Hefestarter benutze." Sie weiß auch, dass man die Folie nicht anheben darf, wenn der Topf erst damit abgedeckt ist. Das senkt die Temperatur und bremst den Aufgehprozess. Das war beim letzten Mal passiert, und Amanda ist diesmal fest entschlossen, alles streng nach den Vorgaben zu machen.

„Es ist ziemlich beschissen einen Fehler zu machen, weil es jedes Mal einen ganzen Tag dauert." Wenn der Teig fertig aufgegangen ist, wird Amanda ihn auf den Küchentisch kippen, den sie leicht mit Mehl bestreut hat. Dann wird sie ihn ein paar Mal zusammenfalten und lose mit Folie bedeckt eine Viertelstunde ruhen lassen. Danach wird sie den Teig zu einer Kugel formen, die sie auf ein mit Maismehl bedecktes Handtuch legt.

„Du kannst auch normales Mehl nehmen, aber ich mag es, dem ganzen einen Twist zu geben." Wieder wird der Teig lose abgedeckt werden, dieses Mal mit einem Geschirrtuch, und dann muss er zwei Stunden nachgehen. Nach eineinhalb Stunden ist es eine gute Idee, den leeren Topf in den Ofen zu schieben und diesen auf 230 Grad einzustellen.

„Das vergesse ich normalerweise", sagt Amanda.

„Dabei ist es ausschlaggebend. Der Topf muss warm sein. Dann wird die Kruste sofort geröstet statt im selben Tempo wie der Rest des Brotes zu backen. Das sorgt für eine dicke, zähe Kruste. Wie ein Bauernbrot."

All das passiert natürlich erst morgen Vormittag zwischen neun und elf, wenn der Teig aufgegangen ist.

„Manche Menschen können dieses Brot gar nicht backen, weil sie, wenn sie den Teig morgens ansetzen, schlafen, wenn er fertig aufgegangen ist, und wenn sie es abends machen, sind sie am nächsten Tag arbeiten."

„*The working dead*, wie ich sie nenne." Amanda lächelt.

„Wenn alles gut geht, sitze ich bald hier und belege dieses Brot mit allen möglichen leckeren Sachen."

Erstmal macht sie eine Zwiebelmarmelade, die mit Buttercup-Kürbis und Ricotta vermischt wird.

„Dann hast du das Brot, du hast den Käse, und du hast etwas Minze als Topping. Süß, bitter und pikant. Das ist wahre Liebe."

RESTE

Es ist Samstagnachmittag, viertel nach drei. Amanda sitzt mit ihrem Laptop und einem späten Mittagessen am Küchentisch. Sie schreibt an „dem gleichen bescheuerten Kapitel" über Extraterritorialität im Weltraum. Es ist erst eine halbe Stunde her, dass sie zur Tür reinkam, nachdem sie ganze vierundzwanzig Kilometer gelaufen war. Laut ihrer Pulsuhr ist das die längste Strecke, die sie je gelaufen ist, aber ihre Pulsuhr misst gerne mal verkehrt. Es waren über zweiundzwanzig Kilometer, das weiß sie mit Sicherheit, vielleicht auch dreiundzwanzig, aber wohl nicht ganz vierundzwanzig. Was sie weiß ist, dass ihr Körper schmerzt.

„Meine Beine tun weh, meine Füße tun wirklich weh, und ich fühle mich ekelhaft, weil ich zwei Tage lang nichts anderes getan habe als Fressen und Saufen." Es ist der zweite Tag in Folge, an dem sie laufen geht. Gestern, am Morgen nach Thanksgiving, wurden es sechzehn Kilometer.

„Nur ist das leider nicht genug, wenn man seine Magenregion mit circa 7.000 Kilo Essen zerstört hat", sagt Amanda.

Heute läuft sie über die Pulaski Bridge nach Long Island City und weiter nach Norden entlang des alten Industriehafens, vorbei an den Granithändlern und dem Kraftwerk, durch die Sozialbauten in Queensbridge, rüber nach Roosevelt Island und zurück.

„Ich habe geweint", sagt Amanda.

„Eine ganze Weile."

„Das war geil." Sie riss sich trotzdem zusammen, lächelte und grüßte die Entgegenkommenden, vor allem andere Läufer, weil

171

Amanda es mag, wenn man das macht. Sie findet es unhöflich nicht zu lächeln und zu grüßen, selbst wenn ihr Tränen über die Wangen kullern.

„Ich muss total verrückt ausgesehen haben." Amanda guckte jedes Mal schnell weg, nachdem sie jemanden gegrüßt hatte, damit sie die Reaktion der Leute nicht mitbekam.

Sie isst Kürbis, Papayasalat und Pastinaken, alles Reste von Thanksgiving. Sie hat noch Hüttenkäse dazu getan, um für etwas Proteine zu sorgen. Ein Drittel des Topfbrotes ist auch noch übrig, aber Amanda lässt es liegen.

„Ich mag es nicht", sagt sie. „Es schmeckt nach nichts." Sie gibt dem weißen Vollkornmehl die Schuld.

„Wenn ich normales Vollkornmehl nehme, wird es säuerlicher und kräftiger im Geschmack." Trotzdem verbucht sie Thanksgiving als Erfolg. Alvin und Emma hatten teure Weine und Käse aus Massachusetts dabei gehabt, Jimmy hielt eine Rede über das Danken, und am Ende lagen sie alle betrunken auf dem Boden. Erika und Julie in Löffelchen-Stellung und Amanda und Ryan Hand in Hand.

Zwischendrin hatte Esma Amanda zur Seite genommen. Sie hatte ihr direkt in die Augen geschaut und gesagt:

„Ich denke ständig daran!" Esma ist 38 Jahre alt und möchte ein Kind. Alvin will kein Kind. Sie liebt ihn. Sie sind glücklich zusammen. Aber sie will ein Kind.

„Das wird schon", sagte Amanda zu ihr. „Egal was passiert, alles wird gut. Wenn du ein Kind kriegst: gut. Wenn du kein Kind kriegst, wird auch das irgendwie gehen. Du glaubst, dass es *eine Wahl* ist, die du treffen musst, aber egal was passiert, wirst du damit glücklich sein." Amanda kaut auf ihrem Papayasalat herum.

„Daran glaube ich wirklich", sagt sie.

„Außer man hat ein Bedürfnis danach, etwas zu bedauern."

„Zum Beispiel: Warum habe ich mit einem Ph.D. angefangen?"

Eine Mail von Jimmy landet in ihrem Posteingang. Er hat seine Rede für den Fall angehängt, dass jemand Lust haben sollte, sie nochmal zu lesen. Das hat Amanda. Sie öffnet das Dokument und fängt an zu lesen:

Es erscheint passend, den Gedanken vom letzten Jahr wieder aufzugreifen, als wir uns mit Heideggers Gedanken über das etymologische Verhältnis zwischen den Begriffen ‚Denken‘ und ‚Danken‘, ‚Think‘ and ‚Thank‘ beschäftigten. In *Gelassenheit*, oder *Discourse on Thinking*, wie es in unserem Teil der Welt heißt, macht Heidegger darauf aufmerksam, dass ‚thinking‘ ebenso wie ‚thanking‘, sich darauf bezieht, etwas aus der Vergangenheit mit sich zu nehmen, etwas in die Zukunft *mitzubringen*. Etwas zu denken bedeutet, etwas in die Gegenwart mitzunehmen und diesem damit zu danken. Sowohl ‚thinking‘ als auch ‚thanking‘ deuten eine Erinnerung an, oder vielleicht sogar ein *Erinnern*, und damit entlarven beide ihre Essenz, die aus der gleichen zeitlichen Struktur stammt. Das, was das Sein des Seins definiert, ist Zeit. Wir sollten ,thinking' wie auch ,thanking' nicht als gedankliche Konstruktionen betrachten, sondern vielmehr als sich entsprechende Koordinaten innerhalb des gleichen zeitlichen Horizonts.

Aber woher kommt diese Vorstellung davon, jemandem zu danken – ,give thanks'? Obwohl ,thinking' und ,thanking' den gleichen Ausgangspunkt haben, die gleiche Essenz, funktioniert es nicht, einen Austausch zu vollziehen und jemandem zu denken – ,give thinks'. Genau betrachtet ist es gar nicht möglich, sein Denken zu geben. Wichtiger ist jedoch, dass wir, streng genommen, auch nicht vom Danken sprechen können. Wie Derrida in *Donner la mort* schreibt: ,Man muss geben, ohne es zu wissen, ohne Erkenntnis oder Erkennung, ohne *Dank*: Ohne irgendetwas oder in jedem Fall ohne Objekt.'

Geben und Danken können nie miteinander einher gehen. Jemandem danken wäre höchstens eine Erwiderung, und wir wissen von Marcel Mauss, dass man aus Pflicht erwidert. Das Geschenk hingegen muss spontan sein. Ergo kann Dank nie verschenkt werden, man kann nie danken.

Wir haben diese Tradition, Thanksgiving, wenn überhaupt nur auf Grund der Kolonisten, die die amerikanischen Ureinwohner dazu zwangen, bei deren heiliger Zeremonie, dem Potlatch, ihre eigene Auffassung vom Danken zu feiern, obwohl es dort nicht darum ging zu danken. Aber hinter dem judäisch-christlichen/islamischen Gebot des Gebens, hinter der ,Schenkökonomie', wie Derrida es verstand, versteckt sich eine entscheidende Vorstellung davon, was gegeben wird. Es ist kein Gegenstand. Es ist Gott, der gegeben wird, aber nicht Gott verstanden als ein transzendentaler ‚Anderer', sondern Gott als unser eigenes Geheimnis, unsere Innerlichkeit – unsere ansonsten nicht-verifizierbare Subjektivität. Wir sind es selbst, die geben. Dafür können wir ruhig dankbar sein. Aber das Geben kann nie als Dank passieren.

Selbst wenn ‚thanking' und ‚giving' nie vermischt werden können, spricht nichts dagegen, dass sie jeder für sich existieren können, Seite an Seite. Also können wir immer noch diese Mahlzeit gemeinsam genießen. Aber wir sollten den Namen ändern. Wir sollten es *Thanksbringing* nennen. Das wäre ehrlicher.

Danke.

Während Jimmy seine Rede hielt, wurde er nach der Hälfte von Tiff unterbrochen, weil sie Einwände gegenüber seinen Argumenten hatte.

„Sie legte in ihrer Perspektive dar", sagt Amanda, „dass materielle Gegenstände eine symbolische Bedeutung haben können, wenn sie ausgetauscht werden, worauf wir in einer längere Diskussion über den Kula-Ring und Marcel Mauss landeten."

„Ich glaube, sie hatte seine Pointe missverstanden, muss ich ehrlicherweise sagen."

Am Freitag gab es keine Rede. Es gab auch keinen Josh. Er antwortete nicht, als Amanda ihm schrieb, um zu fragen, ob es in Ordnung wäre, wenn sie zum Dinner kommen würde, und er tauchte auch nicht bei Jimmy und Tiff auf.

„Scheiß auf ihn", sagte Amanda und trocknete sich die Augen. Wieder checkt sie ihre Mails. Sie hat eine Nachricht von ihrer Mutter, die über ihre Mutter, Amandas Großmutter, schreibt, die offenbar im Alter von 95 Jahren der festen Überzeugung ist, schwanger zu sein.

„Menschen sind schon verdammt witzig", sagt Amanda.

Sie hat auch eine Mail von Everett. Seine letzte Nachricht ist schon eine Weile her:

„Amanda, ich konnte dir nicht schreiben, was zum Teil daran liegt, dass ich einen Alkometer an meinen Computer angeschlossen habe. Und zu dieser Jahreszeit wird ordentlich getrunken."

So fängt er an. Dann schreibt er über einen Ort im nördlichen Missouri, der Squaw Creek heißt, ein kleines Kaff nicht weit von seinem Geburtsort entfernt, in dem sich ein Tierreservat voller Schneegänse und Weißkopfseeadler befindet, tausende Seeadler, eines der schönsten Erlebnisse in Missouri, was nicht viel heißt, wie Everett selbst gesteht, aber er hat trotzdem Lust, von dort mit dem Kanu nach Kansas City zu paddeln, und er hat Lust, es zusammen mit Amanda zu machen, wenn sie an Weihnachten nach Hause kommt. Es wird eiskalt werden.

„Ich hoffe, wir sehen uns bald." So endet seine Mail. Amanda klatscht in die Hände.

„Wir werden Vogelschwärme davonziehen sehen, und wir werden Musik hören und an den Ufern des Flusses Whisky trinken. Und wie wir das werden."

Sie lächelt und beißt vom Brot ab.

„Die Suppe umrühren."

Amanda guckt aus dem Fenster. Es ist bewölkt. Zwei Blätter der Magnolie fallen sachte herab. Mittlerweile sind nicht mehr viele übrig. Amanda kaut bedächtig. Sie lächelt immer noch.

„Schön umrühren."